且徐行

台　文◎著

云南出版集团

云南美术出版社

图书在版编目（CIP）数据

且徐行 / 台文著 . -- 昆明：云南美术出版社，
2023.1
ISBN 978-7-5489-5208-4

Ⅰ . ①且… Ⅱ . ①台… Ⅲ . ①随笔－作品集－中国－
当代 Ⅳ . ① I267.1

中国国家版本馆 CIP 数据核字 (2023) 第 022535 号

责任编辑：李　林
责任校对：陈铭阳
封面设计：钟　瑾
装帧设计：石　斌

且徐行

台　文◎著

出版发行：云南出版集团
　　　　　云南美术出版社（昆明市环城西路 609 号）
制版印制：昆明亮彩印务有限公司
开　　本：787mm×1092mm　1/32
印　　张：7
印　　数：1-2000 册
字　　数：90 千
版　　次：2023 年 1 月第一版
印　　次：2023 年 3 月第一次印刷
书　　号：ISBN 978-7-5489-5208-4
定　　价：68.00 元

自序：不为人写的自由

大学毕业之后，先在媒体做记者，再到出版社做编辑，十几年来，吃的都是文字工作这碗饭。这本也是我一向的兴趣所在，如今作为职业，不仅能满足个人的一点爱好，还能以此养活自己，实在是非常幸运的了，也实在要感谢一路上受过的许许多多的照拂。

然而同一件事物，作为兴趣与作为职业，多少是有一些不一样的。过去从事媒体工作，担负有向社会公众传递信息、凝聚共识的责任，进行的是有对象的写作，写出来的则是摒弃个人色彩的文章。现在从事出版工作，为作者服务、为读者服务，一面要遵守出版规范，另一面要尊重作者的志趣、习惯与风格——同样是任性不起来的。作为个人兴趣那一面的文字，便只能出现在业余了。

十几年前，通过网络结识了时任《春城晚报》副刊阅读版编辑的张翔武老师，开始零星给报纸写一些读书札记。张老师是非常温和而纯粹的读书人，在用稿时给了我很大的自由度。他向我约稿，总是以这样一两句话起头："最近在读什么书呀？""有空写点东西吗？"既不限定书目，也不限定方向，容忍我写得随心所欲。当时只觉得合作愉快，并没有意识到这样宽松而不附带其他诉求的表达机会，其实是非常非常珍贵的。

这本小书里，大都是这样散漫而无用的文字。上编以读书随札为主，间杂与书有关的人与事与行旅见闻；下编则是个人生活的零散体验。相类似的地方在于，它们表达的都只是我个人的审美与趣味。

大体来说，写文章并不是一件天然轻松的事。而维持着这桩并不天然轻松的兴趣，只是为了其中那一点"不为人写的自由"。

因为不为谁而写，便不必追求文章中的传播价值。它们不必有趣，不必引人入胜；不必紧随社会热点，更不必解决什么现实的问题。我只想要经由它们，固定下某一时刻的氛围与心境，重访曾经走过的某个地方，或者越过时空与虚实的界限去到某些人的身边。

从这个角度来说，这些文字虽然散漫而无用，却曾经，或者说一直，真实地抚慰着我。感谢它们。

当然，过于自由的副作用就是缺乏来自外部的压力，这么多年，写得既不成系统，产出也很是贫瘠。但我想，就由它去吧。慢慢的；慢慢的读，慢慢的走，慢慢的看，慢慢的写，同时也慢慢体味这"不为人写的自由"。

目　录

下 编 // 139

翠微亭

去年春夏，到杭州参加业务培训。课余也去了两处杭城胜景。

灵隐寺离市区不远，进了景区，右侧是连成一片的伽蓝寺院，左侧飞来峰却是一带石山。山壁上可见大小石窟，或塑佛菩萨像或镌刻古今游人手迹。山脚有清溪流过，水流舒缓，日光由树木高大繁密的枝叶间透过，随水波闪闪烁烁。

我本不想爬高上低，而朋友坚持，便与她一同上山。飞来峰上石阶纵横，我们都是第一次来，不认得路；兼且既不求高，也不求远，走得很随意。上到不想再上时，任择一条小径折头向下，也不知道自己走到了哪里。

下到山腰，见脚下有一座小凉亭，亭中聚了不少歇脚的游人，隐约能听到他们喊喊喳喳的交谈声。

等走到跟前，才发现这不起眼的小亭上居然悬着匾额，是"翠微亭"。走了许久，我这才有了一点无名之喜。

我是从书本上认识翠微亭的。

小时候我有一本薄薄的唐宋诗选，其中选录了南宋名将岳飞的一首七绝，题目就是《池州翠微亭》。

少年时读《射雕英雄传》，郭靖黄蓉与洪七公、周伯通四人游历至临安，郭黄同游西湖，先至断桥。桥边小酒家碧纱屏上题着俞国宝的《风入松》：一春长费买花钱，日日醉湖边。

郭靖是个憨直的小子，评价说："这些读书做官的人整日价只是喝酒赏花，难道光复中原之事，就再也不理会了吗？"蛮性一起，把好端端的酒家给砸掉了。

然而郭黄二人沿西湖一路走来，"但见石上树上、亭间壁间到处题满了诗词，若非游春之辞，就是赠妓之甚。……都是些'风花雪月'的字眼。"郭靖这小莽夫，也只得感叹说"咱俩就是有一千双拳头，也是打不完呢"。

直来到飞来峰，瞧见翠微亭，又见题额的是韩世忠，方才"心中喜欢，快步进亭"。小说里讲亭中有石碑，刻着的，就是岳飞的《池州翠微亭》。

这首诗一共二十八个字，说"经年尘土满征衣，特特寻芳上翠微。好山好水看不足，马蹄催趁月明归。"

金庸说，郭靖本不辨诗好诗坏，不过见是韩世忠所题，诗中又有"征衣""马蹄"字样，便赞道"这首诗好"。可见《池州翠微亭》传世，多少是有作者光环加成的。

小的时候，我觉得从字句铺排的角度看，这首诗太平淡。

虽有"征衣""马蹄"字样，却没有一点兵戎之气，杀伐之意。大体来说，它的感情基调是平和的。将军百战之余，"特特"上翠微。有"特特"两个字，说明他应该是早知翠微之名。诗里没有说这一次出游，他具体去了哪些地方，看到了什么风景，只说"好山好水看不足，马蹄催趁月明归。"

岳飞存世的诗文我读过的不多。《满江红》"待从头收拾旧山河"的激越昂扬，最符合他的身份和历史形象。《小重山》"弦断有谁听"的忧思郁结，则呼应着他在政治上的孤立与失败，令人同情。而我对这首《池州翠微亭》印象特别深刻，大概就是因为诗里那样一种摒却外在扰攘，只讲自己当下感受的简单纯粹。

岳飞作为一个职业军人，在这里回归日常的生活。他享受闲暇，投入游览；看到的好山好水无法详细描摹，只说"看不足"。就像任何一个繁忙而无暇顾及细节的普通人，遇到自己不能形容的美好事物，统统冠之以一个"好"字，虽稍觉粗糙，却诚实可爱。"看不足"而归，并没有使他感到遗憾和不快，拿得起，放得下，不失大丈夫的气概。

这二十八个字平白如话，内里却有一种干脆利落的节奏感。这种节奏感不是文字和文意的节奏，而是一种个人气质的节奏。一面是寄身于山水之间时的松弛和欣悦，另一面是不为外物所牵系的节制和洒脱；当喜则喜，当归则归。出入收放之间，丝毫没有做作的情态。

　　飞来峰上的这座翠微亭，当然不是岳飞曾经游历过的翠微亭。据说岳飞遇害之后，同事韩世忠为纪念他，在杭州建了一座小亭。亭子托名"翠微"，就来源于当年岳飞游池州翠微亭的经历。

　　我们见到的翠微亭，又不是韩世忠所建的那一座了。数百年间，小亭迭经毁弃与重建，只有翠微之名保留到如今。

　　亭中有楹联数副，逐一读去，其中一副署名"陇右黄文中"的，联语说："孤亭似旧时，登临壮士兴怀地；鹫岭标远胜，翻动平生万里心。"不仅合典、切题，且颇有英雄气。这位"陇右黄文中"，是甘肃临洮人，生于1890年，同盟会早期会员。他早年曾游学日本，中年避居杭州，遍游西湖名胜，题写了许多传世的名联。

　　书生意气，上下千年仍有相通相呼应之处，或许这就是"如缕"而"不绝"的文化生命力吧。

2018 年

冲田总司的迟疑

到达京都的时候，已经是当地时间的晚八点半。菲菲订的酒店在河原町附近，放下行李，我们过鸭川去一家叫做"若狭"的料理店吃饭。凌晨即起赶早班飞机，转机之后又转几趟车，已经疲乏得不成样子。饭后在燠热的夜晚，昏昏沉沉走在返回酒店的路上，不意抬头却看见"池田屋"的店招，不由精神一振。

二层临街的玻璃橱窗里，陈列着身穿新选组队服的偶人。灯火阑珊的现代京都与一百多年前的京都好像在这一个点上重合，仿佛只要走进去，就能走到他们身边。

"新选组"是幕府末期活跃在京都的一个剑士团体，组内成员大多是下级武士及浪人。他们得到京都的会津藩主支持，为幕府效命。在存在的短短五六年时间里，新选组一面维护京都治安，一面清肃京都的倒幕力量，1869 年参加了幕府与天皇的战争。期间，队中核心人物几乎悉数战死。幕府投降后，新选组也解散了。

站在历史的角度，新选组作为一个以维护幕府政权为己

池田屋的店招

任的剑士组织，是幕末日本的一股逆流。在历史的滚滚洪流中，这些出身经历不同、性格喜好各异的人，以燃尽生命的热情全力以赴地奔向已经注定的命运的姿态，充满荒诞的宿命感和天然的戏剧性。

日本历史小说家司马辽太郎曾创作了一系列以新选组为原型的小说，其中一部分结集以《新选组血风录》之名出版。司马将这些曾经恶名昭著的"壬生狼"还原为普通市井之徒，写他们的爱与情，勇与怯，牵挂与纠结，意外的动人。

在《血风录》中，我最喜欢的篇目叫做《冲田总司之恋》。新选组的核心人物之一，号称"队内剑术第一"的年轻人冲田总司喜欢京都医生半井玄节家的女儿小悠，却敏感地察觉到京都人对新选组微妙的敌意和鄙夷。初次见面，医生将他当成了会津藩士，他没有戳穿医生的误会。我想，这一瞬间的迟疑，本身也有着对于自己的回避吧。单纯但总能提早窥破悲剧，是司马赋予这个年轻人的一种内在特质。"总司那孩子，我一听见他的声音，就觉得悲从中来。"副队长土方岁三盲眼的长兄石翠总是这样感叹。

冲田偶然发现小悠每到逢八的日子都会到清水寺的音羽瀑布（音羽之泷）取水点茶，于是总是在这样的日子到清水寺去。以杀人为业的剑士，有了一个称得上柔软的小秘密，这种感觉，好像真的能让人心生倦意。

掩在枫林中的三重塔，右侧隐约可见正在修葺的清水舞台

因为发现冲田的"不对劲",土方岁三本着"为他负责"的原则,无意中揭破了这场暗恋。冲田那一点面对京都人的迟疑,却没有办法传达给"把新选组的大业当作生存的唯一意义"的伙伴。随着队长近藤勇鲁莽的上门提亲和医生的断然拒绝,冲田尚未来得及展开的恋爱在仓促中无疾而终。

小说末段写道:

这天傍晚,冲田一个人去了清水寺内的音羽瀑布。

小小的茶店早已打烊,太阳也下山了。

冲田呆呆地站在瀑布旁。即使等上一夜,那个人也不会来。因为今天并不是逢八的日子。

尽管如此,冲田还是默默地蹲在那里。瀑布飞溅的水花,把肩头的衣服打湿了。

从佛堂那边传来晚课的诵经声,悬崖上的奥院也渐次亮起了灯。冲田蹲在瀑布旁,不时举起手,用掌心感受那从高处坠下的水流。那个姑娘,也做过同样的动作。

一盏提灯渐渐近了,在冲田身旁停下。那是巡山的僧人。

"您辛苦了。"僧人问候一句,便转身离去。

虔诚的信徒,会专门在夜间到瀑布旁拜谒。僧人一定以为,这年轻人即是其中之一。

　　巡山的僧人，提供了一个彻底的局外人视角。他让我们看到，那些复杂而深沉的纠结感情，都是不可分享的。

　　司马辽太郎的笔调内敛朴实而善于留白，看似平铺直叙，其实淡中有味。特别是《血风录》这样的小说集，主题虽然集中，故事却是相对独立的，省去了长篇作品中不得不做的衔接折转，干脆利落，又有大片的想象空间，未尝不是一种审美趣味。

　　《冲田总司之恋》中，司马用他一贯的平实简练的笔触，描述清水寺的风物。写清水舞台下层叠的枫叶、若隐若现的西山群峰和一览无遗的皇城浪檐；也写京都人到音羽瀑布取水点茶的风俗。读书的时候，我总忍不住在想象中描摹这些场景。

　　到京都的次日下午，我们去了清水寺。从清水坂往上走，人越聚越多。两侧的特产商店里挤满了游客。走进寺中，清水舞台正在整修，真面目隐藏在无数钢管搭建的脚手架之下。沿着山路一直走，转一道急弯再向下，不久便走到音羽瀑布前。如小说中所描述的，瀑布前有一座茶亭，售卖饮料甜品。而所谓的"瀑布"，只是从建在山壁上的一座小小三角亭顶部引下来的三股山泉。泉水飞跌入一汪小水池中，溅起清亮的水花。亭外排着长长的队伍，等待着轮流用长柄的筒勺去接取一股泉水。

　　菲菲对三股自来水似的"瀑布"不感兴趣，叫了一份沙冰在茶亭等我。逛了一圈回来，我也坐下要了一份牛奶冰。
不过那家店里的牛奶实在太甜，我没有能吃完。

历史上的冲田总司，没有死于保卫幕府的战斗中。1864
年，在号称"可能使明治维新推迟一年"的政治事件"池田
屋之役"中，新选组重创长州藩激进的尊王攘夷派，作为主
力的冲田却在激战中晕倒，随后被发现患上肺结核。以当时
的医疗条件，肺结核是不治之症。冲田因此逐渐淡出一线，
在伏见鸟羽战败后转赴江户休养，于1868年病逝，年仅26岁。

可能正因如此，早逝的冲田总司得到了后世人额外的怜
惜。在相关的文学、影视、动漫、游戏中，常成为最有人气
的角色。

我印象最深的是1999年大岛渚导演的电影《御法度》，
电影改编自《血风录》里的另一个短篇《前发的总三郎》，
基调暧昧而晦暗。电影中饰演冲田总司的，是日本上世纪90
年代的偶像艺人武田真治。在不多的镜头中，演员表达出了
冲田的明朗、亲切、细腻、决断；偶尔流露出的、未达眼底
的笑意，却又隐约埋伏着那种能让盲眼的诗人感觉到"悲从
中来"的沉重命运。

2018 年

与书店有关的小事情

最近几年，已经很少在实体书店买书了。

过去我奶奶家住在海埂路云纺子弟学校旁边。隔一个路口，有一家门脸很小的书店，进门三面墙的书架，中间一张小台子，台子与书架之间的过道刚刚能过人。小时候，我有很长一段时间和奶奶一起生活，经常去那里玩。我独立读完的第一本字书，就是我姐姐用参加工作拿到的第一个月工资，在这家小书店里给我买的白话版《海公案》。

后来我妈又从这里给我买了《三国演义》和《红楼梦》——她应该没有考虑到，让一个字都认不全的低年级小学生抱着新华字典读明清白话，有可能不是一件很愉快的事情。

过了几年，大概是我读初中的时候吧，小书店关门了。隔着不远，复兴农贸市场附近开了一家规模更大一点的书店，名字叫日月书店。书店的主人是一对年轻夫妇，头脑很灵光。图书杂志都可以打折卖，还搞了一套"会员制"。按照会员卡充值额度的不同，折扣也不同。要是经常买书，办卡还是很划算的。

店里的书卖得很杂，金庸古龙梁羽生、琼瑶三毛席慕蓉、麦家莫言余秋雨、方方池莉王安忆，乃至韩寒江南郭敬明。世面上流行什么，店里就有什么。常常是《万历十五年》和《中国可以说不》比邻而居，《生活秀》和《八月未央》隔架相望。店主人不见得很懂书，但懂生意。三两天就有热门的新书上架，常翻常新。

中学时代有段时间学习压力大，每天放学后我都要到书店晃荡一圈。对着一屋子与学业没有半毛钱关系的"闲书"，假装自己能够逃出作业、考试和排名的势力范围。因为去得很勤，每一次来新书、来了哪些新书，我都知道。隔三差五买一本书，总能带给我远超出书价的满足感。如果连续几天没有见着新书，我又会莫名焦虑，并且越发不甘愿空手离开。至少也得买一份杂志吧。

那些年，日月书店经营得有声有色。门面从一间变成两间，再从两间变成三间。店里摆不下，就在门口人行道上搭架子铺上薄木板，用来放报纸杂志。店主夫妇轮流看店，熟了以后，都会主动和我聊聊天。跟妻子比起来，丈夫对书本身的兴趣似乎更浓厚一些，有时还会按照他对我的了解，给我推荐一些新书。有一次，他向我介绍一本新到的小说，把书举在手里，翻出哗哗的响声。然后合上书，屈起手指敲敲封面，说："我最喜欢看小说了，读一本小说，就好像又过了一辈子。"

自从去了外地念大学，家也从这个片区搬走，我很少有机会再去这家书店了。有一次偶然路过，店主从店里跑出来，大声打招呼："嘿，姑娘，这两天又来新书了，来看看吗？"

刚进川大，窝在双流县文星镇那片还没有完全建好的新校区，管成都市区叫做"城里"，去市区叫做"进城"。有一次，我和一位本地室友一起"进城"，她回了家，我一个人去逛街。走到天府广场附近，天色变了，要下雨的样子。四处望望，居然有一间书店，我立刻钻了进去。下午时分，书店里静悄悄的，没有什么人。店员是两位有一点年纪的女性，一边忙着手里的事情，一边低声用方言交流。雨已经下起来了。但在书店里，即便长久逗留也不会觉得尴尬，我暗自庆幸。

这家书店的选书很有自己的风格，时下流行的书不多。我晃荡了一个多小时，买了两本薄薄的小书，一本是董桥

在成都弘文书局所购读书文丛《这一代的事》

《这一代的事》，一本是也斯《在柏林走路》。《这一代的事》是三联书店读书文丛中的一本，后来我还买过陈乐民和柳鸣九的。一套书清一色的小开本、低定价，对穷学生友好极了。

《在柏林走路》里面写了些什么，早已经没有印象了。《这一代的事》却一直是我最喜欢的董桥选集。后来读董桥，总觉得他的夸饰与修辞容易过头，读多了嫌浮而腻。但《这一代的事》里面，《只有敬亭，依然此柳》和《王韬的心情》两篇，反复读着，犹有深情。

那天进门的时候匆匆忙忙，连店名都没有看见。逛着逛着才发现，靠墙的一排书架顶上放着一个装裱好的画框，写的是"弘文书局"，落款是流沙河先生。

2006年秋季学期搬回望江，东区图书馆背后藏着几间小书店。有卖教材教辅的，有卖二手书的，其中居然也有一间小小的弘文书局。比起别处，我更喜欢在这里买书。倒也不是为别的，就因为弘文书局的售书章。小时候家里大人带我到国营的书店买书，出门前都要盖售书章，后来不知道为什么省去了。在发现弘文书局之前，我有许多年没有见过售书章了。每次买书付完款，店员站在收银台里面，翻到每一本书的最后一页，给戳一个章，很郑重的。现在想起来，觉得有点呆气，又觉得有点怀念这种呆气。

毕业前我曾经很想买一套陈寅恪先生的《柳如是别传》，

成都方所书店内

三联书店在本世纪初出版的。记得一套《陈寅恪集》放在弘文书局进门左手边书架的角落里，已经不全了。我把三卷《柳如是别传》从书架上拿下来，想了又想，又放回去了。离校在即，四年生活积攒的书籍杂物已经太多，怎能再添行李。

2013年，在成都的同学告诉我望江的弘文书局关门了。这个版本的《柳如是别传》也成了"绝版"，在二手市场能卖三四百块钱。后来我去上海看书展，发现三联书店再版了这套《陈寅恪集》，重新做了装帧，价格也贵了不少。

2010年左右，我家搬回了云纺片区。日月书店的门面又变回了小小的一间。店主说，房租涨得太快，况且书也不像过去好卖。我也不大在这里买书了，偶尔买买报纸杂志。有天路过，几乎毫无征兆的，书店变成了一家日用杂货店。

2015年，我回成都玩，和朋友一起去了几次新开的网红"地标"方所书店。书店开在太古里，四周环伺名品潮店，很纸醉金迷的样子。店里不只卖书，也卖文具、玩具、服装、绿植、咖啡。与其说是书店，不如说是一个有文化味的综合购物中心。我买了香云纱制的笔袋、纤长的木直尺，还想买一盆又贵又小的盆栽。朋友伸手拦住我："你买了也拿不走呀，这东西可不能带上飞机。"哦，对。我觉得怪遗憾的。

那天有没有买书，买了什么书，我不记得了。笔袋和直尺倒是很好用的。

　　大约是 2017 年吧，有一天下班回家，看见巷子口新来了一个烧烤摊。张罗摊子的是已经消失许久的日月书店店主，还是戴着圆眼镜，穿着灰色的线衫，线衫里头露出白衬衫的领子。他的样子几乎没有什么变化，就是头发白了一些。一辆小推车摆在他面前，一头支着烧烤架，一头放着串好的肉串、鸡翅、豆腐块等等。他手上麻利地给烤串翻面、上油、撒作料。有买了烤串的人等在旁边，嘱咐他多加辣。他手里忙活，嘴里交代：我这辣椒面是正宗的丘北小米辣晒的，特别辣，放多了怕你受不了啊。一个年轻的女孩替他打下手，收钱、找零。那是他的女儿，过去也常在书店见到的。那时候她大概刚刚入学吧，常常在书店的角落里支一张小桌子写作业。

　　我买了几个烤串，提着纸袋慢慢走回家。莫名地想起给我介绍新小说的店主，想起无数的小说里无数种的人生，一时间感慨起来。

2019 年

读《记波外翁》

《记波外翁》，是台静农晚年的一篇人物散文，写于文中主人公波外翁辞世三十年后，后收入《龙坡杂文》。

波外翁，是民国时期词人、学者乔大壮的别称。他生在四川，原名曾劬，字大壮，号波外居士。1947年夏，波外翁应邀赴台湾大学中文系任教，并在许寿裳遇害之后接替其做了中文系主任，是台静农在台大的同事和上级。1948年5月，波外翁自台湾返回上海处理家事。当年7月2日午后，他趁儿女不备，独自买了车票到苏州，在风雨夜中自沉于梅村桥下。

半年之内，台大中文系两任系主任先后意外辞世。除了公事上的联系，两人又都是与台静农关系较为密切的师长、前辈。波外翁去世后，台大中文系主任一职，一时被人视作不祥，由台静农仓促接手。1978年，他发表了这篇怀悼文章《记波外翁》，追忆波外翁赴台一年及辞世前后情形。

我一直觉得，《记波外翁》是台静农晚年散文中比较特殊的一篇。

据作家杨渡说，台大中文系出身的作家白先勇曾评价台

三版《龙坡杂文》，从左至右依次为洪范书店 1988 年版，
三联书店 2002 年版，海燕出版社 2015 年版

静农"是一个沉郁太久的人呐。"台静农晚年散文笔墨极淡，
无论记人、志事，寥寥几笔，常有阑珊之意。许多往事似乎
已经深埋在时空中，不必说的，远比说出来的要多。而《记
波外翁》从篇幅来讲，是除了未完成的《酒旗风暖少年狂》
外，台静农晚年写人的文章中最长的。全文连同后记四千余
字，细讲与波外翁的结识、交往，写短暂居台期间，波外翁
的纵酒绝食、藏匿药物；写他常作不祥之语，甚至自拟挽联；
写他偶尔流露出的对儿女家园的牵挂；写他因许寿裳的被害
泪流不止；写他辞别台大同仁回大陆，步履蹒跚自基隆码头
登船而去……文章细节铺展之密，情绪流露之浓，实在是台
静农同时期散文中不常见的。

　　台静农与波外翁的交往，时间并不长。在大陆时，台静农读过波外翁与人合译的小说《你往何处去》，因而知道其人。但直到1947年波外翁赴台，两人才真正相识。

　　《记波外翁》开头描述，乔氏父子初到台北，想要上街寻一小吃店午餐而不可得，"在秋阳之下徘徊街头"。台静农说波外翁"以为像在内地一样，随处可找到小吃馆……没想到来到台北，竟有异域之感。"

　　早于波外翁一年来到台北的台静农，自然是熟悉这种"没想到"的。1946年7月，台静农致信友人，准备接受台湾大学的教职："弟已就台湾大学教授之聘，该校图书设备充实，亦较少人事之纷扰，或可做点研究工作。"而来到台大后，却发现"这一所大学原是日本为在殖民地工作人子弟而设的，各院不过略具规模，设备不多，一年招收学生不及百人，一旦要容纳若干倍的学生，其设备既不能立即充实，师资缺乏更不容易罗致。尤其在动荡的时会，经费奇绌……只有过穷日子，撑大场面。"

　　台静农一生颠沛，命运多有波折。他二十多岁时在北平求学，受新文学影响很深，新诗和小说创作都有所成，乡土小说尤其为鲁迅所欣赏。然而自三十二岁起，被时代驱赶着由北向南，又由东向西，漂泊难定。十数年间，他先后辗转北平、厦门、青岛、重庆等地教书糊口，最后落脚在重庆江津的白沙镇，任国立女子师范学院国文系主任。抗战结束后，他本冀望重返北平，或者至少离开重庆到南京，也落空了。1946 年，女师院自白沙镇迁往位于黄桷坪的上海交通大学旧址复课。因支持学生抗议国民政府教育部的迁校方案，台静农辞职赋闲。一家人一度生活无着，至需典当衣物维持。为了凑足赴台的旅费，他托堂妹卖掉部分藏书；在渡海的轮船上，还得向早年的学生借钱。所谓"渡海传灯"，于当事人自己，何尝不是莫可奈何。

在台湾，因为与鲁迅的关系，台静农在相当长的一段时间内受到当局监视。学生林文月回忆，在他温州街住所周围，常有可疑汽车长时间停留。在一些事情上，他逐渐习于沉默。这沉默的背后，又有怎样让人不忍言说的东西？

《记波外翁》里写道，1948 年 2 月，许寿裳遇害，在台同仁被震惊和恐怖的阴云笼罩。此时的波外翁，已渐萌死志，身边亲近的同事、朋友、学生，也有所感。在那样的伤痛与恐惧中，尚要留心照顾他的情绪。而波外翁自己，似乎"感情并没有太大的震动"。唯有遗体告别时，"他一时流泪不止。再陪他到宿舍，直到夜半才让我们辞去，他站在大门前，用手电灯照着院中大石头说：'这后面也许就有人埋伏着'，说这话时，他的神情异常，我们都不禁为之悚然。"

台静农说："尤其是我回家的路，必须经过一条仅能容身的巷子，巷中有一座小庙，静夜里走过，也有些异常的感觉。"

读书到此，体味到他们当时的境遇，掩在夜色中的"院中大石"和"仅能容身的巷子"如在眼前。我也不由生出悚然之感。

波外翁返大陆前，学生替他收拾行李，发现一卷自挽联。其中一句"他生再定定盫诗。"台静农见了，觉得难过："今生活得如此痛苦，还望他生？"6月间两人还有通信，波外翁说自己"颇有四方靡骋之叹耳。""四方靡骋"，出自《小雅》"我瞻四方，蹙蹙靡所骋"，台静农在《记波外翁·后记》中解说，"在动荡时代，这是一般人的心情，尤其是知识分子的感受，最为深切。"

"四方靡骋之叹"，不为波外翁独有。1946年，台静农困居白沙，曾题一首旧诗《去住》。首联"去住难为计，栖遑何所求"岂不是恰可以同"我瞻四方，蹙蹙靡所骋"互为注脚？

《记波外翁》发表时，台静农已经羁留台湾三十余年。初到台北，他将自己台大宿舍的书房叫做"歇脚盫"，是不欲长住的意思。而人到暮年，重返故土亦成奢望，只说"老去空余渡海心"。至此，若再执着于"歇脚"，人生又该寄托于何处呢？于是将之重新命名为"龙坡丈室"——"落户与歇脚不过是时间久暂之别，可是人的死生契阔皆寄寓于其间，能说不是大事。""忧乐歌哭于斯者四十余年，能说不是家吗？"（《龙坡杂文·序》）

这一段自白，又令我想起《记波外翁》中写到的一个细节。1948 年旧历年后，波外翁醉访台静农。"傍晚，我同建功将他送回宿舍，从侍奉他的工友中，知道他从除夕起，就喝高粱酒，什么菜都不吃。灯前他将家人的相片摊在桌上，向工友说：'这都是我的儿女，我也有家呀。'"

"能说不是家吗？""我也有家呀。"前者不需答，后者则不可问。三十余年，年华老去归乡无望，回首是总不能如愿的人生。只是"沉郁太久"的台静农，很少在文字中吐露。《记波外翁》写的是波外翁，而夹杂其间的情绪震荡，点滴也全是台静农自己的。在那历经三十年仍未冲淡的惨然之中，我看见的不只是波外翁的凄苦内心与自毁抉择，也有台静农在情感上对那一种命运相类之处的深沉共鸣。

2020 年

故土与少年一去不回

1946 年 10 月，台静农接受台湾大学聘书，携家人自上海乘船赴台任教。在当年 7 月致友人的信中，台静农写道："弟已就台湾大学教授之聘，该校图书设备充实，亦较少人事之纷扰，或可做点研究工作。"这是他对茫茫未知所抱持的美好愿望，在当时所面临的现实境况中，多少也是对自我的一点无奈宽慰吧。

20 多岁时，台静农北上求学，曾活跃于北平文坛。不到 30 岁，便有《地之子》《建塔者》两部小说集问世，被视为乡土小说的代表。在这段时间里，他与鲁迅结交，并成为挚友。1925 年，他与鲁迅和同乡好友李霁野、韦素园等共同创立新文学社团未名社。1930 年，他还作为发起人之一，参与了左翼作家联盟北方分盟的成立。

1932 年 11 月，鲁迅赴北平为母侍疾，参加了一些公开的文化活动。作为鲁迅特别欣赏的学生和后辈，鲁迅在京的行程，台静农几乎全程陪同。11 月 26 日，北平左翼社团设宴欢迎鲁迅，聚会地点就在台静农家中。

　　当年 12 月 12 日，在鲁迅离开北平约半月之后，台静农突然被捕，理由是"共党嫌疑"，住处受到宪兵搜查。此次被捕后，虽然很快"无罪"获释，但他因此被迫辞去辅仁的教职。

　　台静农受聘为辅仁讲师，是 1929 年的事。时任辅仁校长陈垣是他的老师，因这一层关系，待他亲厚。至 1931 年，刚 30 岁的台静农即任辅仁副教授、校长秘书，职业生涯可谓得意。但紧随着这次入狱与去职，人生的打击接踵而来。1933 年春，九岁的长子病卒。秋季学期重新求职，也只获得一年聘期的国立北平大学女子文理学院文史系国文组讲师职位。

　　1934 年中，台静农再次以"共嫌"入狱。经蔡元培等人竭力周旋，至 1935 年初始脱囹圄。出狱后，他在北平求职不成，1935 年 8 月经胡适介绍，往厦门大学任教。1936 年 8 月，又因"不能适应南方湿热气候"辞职，转往青岛山东大学。(《台静农年谱简编》，海燕出版社，2015)

　　自 1922 年北上，在北平工作学习已历十几个年头，被迫离开，他的内心有许多无奈与不适。这种不适，在他给陈垣等师友的书信中，约略有过表露。

　　《台静农往来书信》(海燕出版社，2015) 中收录 1936 年 9 月 21 日陈垣致台静农短信一通，云："前晤庄公，知台从有到青机会，即极力怂恿玉成其事。今奉来示，知已到青，为之大慰……人情复杂，似不必介意。待人处世，只有忠信笃敬四字。以弟饱经忧患，定能领略。至于待遇之多寡，更不足计较矣！仍望努力，勿作吾京兆之想为幸。"

从这封短信来看，台静农对山东大学人事及待遇均不十分满意。向关系亲近的老师和老上司去信，除了吐苦水，似也不乏求助之意。

然而北返的意愿，随着战事发展与北平沦陷，彻底断绝。此后直至抗战结束，台静农由北至南，又由东至西，为生计辗转大半个中国。国内社会的动荡、山河破碎的忧愤与惶然，形于一家、一身，是人事扰扰，是颠沛流离，是北归无计。

1990年，台静农次子台益坚撰文纪念父亲，对于早年父子之间相处的片段，说"我记得最清楚的，是抗战初期举家嚼菜根的日子。"那是三四十年代台静农举家流寓四川江津县白沙镇时的事。益坚记得的，是父亲薪水不敷家用，自己与妹妹辍学在家，需步行二十里去镇上打油背米，兼上山拾菌子寻野菜、下田捕田螺捉黄鳝，以补家用。（台益坚《爝火——追悼先父台静农》）而同一时期，台静农在旧体诗《戊寅中秋》里，描述的情形却是"灯前儿女分瓜果，未解流亡又一年。"（《白沙草·龙坡草》，海燕出版社，2015）

"未解"，或许是父子间相互没有说出口的隔阂。其实，在战火连天的大环境与家计艰难的小环境中，大人与小孩经历的艰辛与困顿又有什么分别呢？

1945 年抗战结束，僻处白沙的台静农心情依然沉重。他希望能离开四川北返，但无可着力之处。除此以外，他对抗战之后国家与个人的前景，态度也不见乐观。短短一卷《白沙草》，成于战后的诗作大抵只有几个主题：前路彷徨、意气消磨、怀悼师友、讽世讥时，而这些心绪，又往往是交杂在一起的。朋友来书，问"战后计"，他说"风波如此欲安归，穷鸟投林敢择栖。久矣磨砻英气尽，只将白眼看鲸鲵。"（《答林逸来书问战后计》，《白沙草·龙坡草》，海燕出版社，2015，下同）又作《去住》，"去住难为计，恓惶何所求。"又作《苦蘗》，"英雄大泽老，竖子河山新。去欲归燕市，逡巡少故人。"又作《乙酉岁末》，"师友十年埋碧血，风尘一剑敝霜裘。"又作《孤愤》，"长门赋卖文章贱，吕相书悬天下喑。"又作《寄兼士师重庆》，"何年出巫峡，问字怀椠铅。"

留在字里行间的，是忧国兼忧己，希望复失望；问不得也说不得，留不得亦去不得——其中的煎熬，思之令人悲。

抗战胜利之后，因战事而西迁的一大批高校纷纷"复员"。

位于白沙的国立女子师范学院师生，也冀望借此机会迁出四川，到南京或其附近复校。台静农时任女师院国文科主任，对困在四川乡间的他来说，这也是一种出路。

孰料不久后接国民政府教育部令，却是命女师院迁往重庆附近的九龙坡黄桷坪——那是上海交通大学的战时校址。交大复员回上海后，教育部将他们留下的校舍划给了女师院。女师院师生对这样的结果十分失望，宣言罢课要求教育部收回成命。

为平息风潮，国府教育部成立"校务整理委员会"，通过换发聘书解聘反抗最剧的教师，又对拒绝登记前往九龙坡的学生作取消学籍处理。

在风潮中，台静农旗帜鲜明地支持罢课师生，抗议教育部"措置失当"。但考虑到学生的前途，他出面请来地方上有影响的人物从中斡旋，让未登记的学生一同迁走。他自己却未接受新聘书，滞留白沙。（舒芜《忆台静农先生》）。

女师院迁走后，台静农失去收入来源，生活更加困顿，甚至需以典当衣物来维持："检典春衫易米薪，穷途尤未解呻吟。"（《典衣》，收入《白沙草》）在给朋友林辰的信件中，台静农说："至于目前生活，则变卖衣物（反正要卖去的）尚可支持些时，友人亦有接济也。"（1946年5月22日致林辰函，《台静农往来书信》，海燕出版社，2015）台

晚年的台静农

静农白沙时期的同事、朋友舒芜则说："我亲眼见到，有时快到吃午饭，碰着台师母还在慢慢向后走（那里有一两家山间小店），问她去干什么，她轻言悄语地说：'去卖一两件衣服，买米回来做饭。'"（舒芜《忆台静农先生》）

　　此时的台湾大学，则正在接收改组的关键时刻。台湾大学的前身，是由日本人创办的台北帝国大学，具有浓重的教育殖民色彩。日本投降后，由国民政府接收改组。"帝大"时期，学校教员绝大多数由日本籍人士担任，战后大批教员被遣返，留下的是一个师资奇缺、经费紧张的空壳子。加之国府委派的校务主持者与台湾行政长官公署在人事、经费问题上多有龃龉，使得台大的教学工作开展并不顺利。前后几任校长急于从大陆延揽人才，但应者寥寥。（李东华、杨宗霖编《罗宗洛校长与台大相关史料集》）

当时，台静农北大时期的同学，也是他相交多年的挚友魏建功作为"国语推行委员会"的常委，被台湾行政长官公署教育处"借调"，在台湾推行国语。1946年，魏建功向台湾大学时任校长陆志鸿推荐了台静农。①

① 按：此处表述从《台静农年谱》，海燕出版社，2015年。在台静农堂妹台珣的回忆文章《台静农在台湾》中，对台静农赴台的缘由另有一说，言其是受鲁迅友人许寿裳之聘到台大。但此说在时间上有些站不住脚。许寿裳赴台，第一站并非台湾大学，而是受台湾行政长官陈仪委托，筹备台湾省编译馆。1947年，陈仪因"二·二八"事件去职，编译馆裁撤，许方转入台大任文学系主任。台静农1946年赴台之时，许寿裳尚未到台大，因此许聘台到台大任教云云，是不成立的。台珣另一篇回忆文章《无穷天地无穷感》中，又说台静农受聘为"台大教授兼中文系主任"，则更是大谬。台静农任中文系主任，是1948年乔大壮自沉之后的事情。可见即使是亲属的陈述，也不一定完全可靠。但台静农由许寿裳聘来台大一说，流传颇广。上海文史馆研究员张令澳在《在台湾去世的两位鲁迅老友——记许寿裳与台静农先生》中，似乎留意到前述此说在时间上的瑕疵，将台静农赴台因由敷衍为"……台静农原是以沦陷区大学教授的身份被许安置在编译馆工作，此时随着许老转到台大中文系任教。"台静农早在白沙期间就曾在国立编译馆任职，如由许寿裳聘至台湾编译馆，看似也合理。然而此说与台静农自己的叙述抵牾。他在1946年致友人信中，明确写的是"已就台湾大学教授之聘"。

　　台大的聘书，解去了台静农几近燃眉的窘境。是年秋，一家人终于登上前往台湾的轮船"海宇轮"，船上还有他早年在辅仁任教时教过的学生方师铎一家。海宇轮是一艘客货两运的登陆艇，舱内装货，甲板上装人。人员上船之后，货物还在装卸，吵闹终日。宽裕的乘客下船到旅社暂住，台、方两家却无钱去住旅社。台静农问方师铎"身上还有多少钱？"方师铎答还有几百块钱。台静农说"你还很富裕，我已经一文不名了"。方将钱分成两份，拿一份给台静农，他"也不推辞，也不道谢，毫不客气地收了"。（方师铎《记台静农老师生平二三事》）

　　刚刚"光复"的台湾，有的不仅是重整中华文化传统的希冀。1947年，二·二八事件发生，国民政府施政者与本省籍居民的矛盾激化。而随着大陆的形势日益明朗，国民党败象显露，岛内气氛愈加紧张，笼上一层白色恐怖的阴云。1948年2月，时任台湾大学文学系主任的左翼文学家许寿裳在住所遇刺身亡。许寿裳的继任者，由南京中央大学转任的词家乔大壮纵酒、绝食，言语之中亦透出死志，精神状态十分令人忧心。5月，乔大壮提出要回上海。7月，他趁家人不备，独自乘车赴苏州，于风雨夜中投河。

　　许寿裳与乔大壮相继意外辞世，对台静农的影响是巨大的。一方面是在精神上，经历了许寿裳遇害时的悲伤、惧怖，乔大壮自戕时的创痛、凄苦，作为左翼知识分子，台静农的内心世界所经受的震荡是外人难以想象的。而在生活中，他的同乡好友李霁野和一些其他的文化界朋友在许寿裳遇害后选择返回大陆，他则在乔大壮去世后接手了被人视为"不祥"的中文系主任职位，定居台北。蒋勋回忆，嗣后曾有人为台静农的选择敷衍出许多传闻，他听后哈哈大笑，说，实在是因为家眷太多，北方天气冷，光是一人一件过冬的棉衣就开销不起。台湾天气暖和，这一项花费就省了。（蒋勋《夕阳无语——敬悼台静农先生》）

台湾大学由此成为他人生后半程真正的栖身之地。本以为只是在此暂住，却以"歇脚"的心态，获得了几十年相对稳定和平静的生活。在《龙坡杂文》的序言中，台静农这样写这四十年："落户与歇脚不过是时间久暂之别，可是人的死生契阔皆寄寓于其间，能说不是大事。"

四十余年间，他在台大中文系潜心教学，兼事古典文学与民间文学研究。业余寄情书法、篆刻，卓然成家。偶尔写作，一改青年时代的风格，由对社会问题的殷殷关切和敏锐表达转而向内，笔下大都是对周围熟人的温存注视和沉缓叙说。

读书人一向相信"文如其人"。了解一个作家，最好的途径无非是作品。一篇文章的字里行间，莫不是作者的精神世界、情感波澜。作品风格气质的变化中，未尝没有生命阅历与人生况味的递增和转折。

台静农赴台之后的沉默，受到过许多苛责。其中批评最剧者，当数台大中文系出身的李敖。

的确，台静农后半生的精神转折为许多人所不解；然而脱离个人处境的批评，其价值又能有几何呢？作为鲁迅的友人与曾经的左翼文化人，台静农在台湾的生活很长一段时间内都处于高压之下。蒋勋在追忆文章中曾经提到，20世纪50年代在温州街台静农寓所附近，常有吉普车停留，时人认为是当局派来监视他的。而聂华苓60年代因台湾当局查禁《自由中国》受牵连，陷入"一生最黯淡的时候"之时，却是与她素不相识的台静农伸出援手。"他要在台大开一门'现代文学'的创作课，必须找一位作家去教，问我是否愿意去。"聂华苓因此"惊讶得不知如何回答"。"不仅因为台先生对我这个写作者的礼遇，也因为我知道台先生到台湾初期，由于和鲁迅的关系，也自身难保……"（聂华苓《悼念台静农先生》）

倒是另一位学生白先勇说了一句"他是一个沉郁太久的人呐"，沉婉地道出了台静农后半生的寂寥。

1990年6月，启功访香港，在许礼平的寓所拨通台静农的电话，阔别数十年的两位老朋友第一次互通音讯，彼时台静农已罹患食道癌，在电话中喊："你快点来吧，再晚就见不着了！"（许礼平《蓬莱银阙浪漫漫 弱水回风欲到难——记启功台静农相见难》）是年11月，台静农病逝于台大医院。

老去空余渡海心，蹉跎一世更何云。

无穷天地无穷感，坐对斜阳看浮云。

1989年，台静农写下生平最后一首绝句《老去》。此时，距他登船渡海，已经过去了43年。老病缠身，两年前又因摔倒跌伤头部做了手术；家山在望，却只"空余渡海心"。海那边的故乡，和二十多岁时饱蘸对家乡土地的眷恋与愤慨写作的少年，终究是一去不返了。

2021年

温柔的教导

2015 年，曾临时起意去上海看书展。在黄昏的飞机上，我翻开了当期的《读书》杂志。那期杂志开篇是评介法国历史学家托尼·朱特的专题。其中有王东杰老师的文章，《换一束新的光召唤历史》。文章开头是这样的："无论眼前的世界如何活泼生动，它也势必沦为往昔，沉入历史的暮色。可它们并未消逝，只是静候现实的召唤，一旦有一束光投射过去，就立刻鲜明起来。"

虽然是学术思想述评，王老师的文字却充满了文学化的美感，很快让我的思维从日常的琐碎烦恼中抽离出来，摸索着走向了朱特的思想世界。

朱特出身于巴黎高师——这是法国思想文化领域的一座殿堂。开创了欧洲史学新纪元的历史年鉴学派创始人吕西安·费弗尔和马克·布洛赫均出身于此。两百多年来，这里走出很多影响法国、欧洲乃至世界的思想家，为欧洲乃至全世界提供了丰富的思想资源。从某种程度上来说，这种广泛而深远的影响力，来自于其独立、严谨、敏锐和勇于批判的思辨传统。朱特的思考与写作，也体现着这样的传统。

作为一位历史学家，朱特面临着某种悖论：历史的真实和历史的阐释，中间充斥着永恒的紧张感。历史看起来重要，实际上却是一种能够为不同阵营提供舆论支撑的资源。

对历史的阐释成为政治。在争夺历史阐释权的过程中，历史本身往往被忽略。知识分子受困于既有的阐释框架，机械地做着非左即右的选择。一些显而易见不合理的思维方式，却被无视或者默认。思想资源一再被消耗在无意义的争论之中，令人扼腕。

在读这篇文章的过程中，天色渐渐全暗下去，舷窗外是沉沉的夜空。失去了视觉上的参照物之后，我几乎生出一种不知身在何处的不确定感。

朱特的批判，针对的虽然是欧洲的知识界，却也带给中国读者许多的启发。很多时候，阅读的目的，也是为了寻找这种思辨的乐趣。尤其是在毕业之后，脱离了校园生活，某些特定的讨论与表达也失去了语境。有的时候也难免有疑问，与眼前的现实无关的思考是否仍有必要？

今年2月，包括这篇文章在内的，王东杰老师的文化评论随笔集《大学是一种生活方式》出版。距离2008年他在《南方周末》"自由谈"栏目发表第一篇文化评论文章《大学老师比中小学老师差在哪》，正好是10个年头。

这也是我离开川大的第 10 个年头。在这 10 年间，校园生活中不必耻于谈论"形而上"和"超越性"的自由，一直是我频频回首而总能感受到勇气的所在。

收录在书中的数十篇文章，我大都已经读过。甚至是从王老师在《南方周末》开设专栏开始，我已经在等待着这本书的出版。有人说，在这个专栏里，有近十年最好的文化批评。是不是"最好"，各人有各人的判断。但对于我个人来说，它们确实为我提供了非常重要的精神资源。

作为论者，王老师常常观点明确，态度却是温和的。在更多的时候，他不提供是非的判断，而是提供思考的路径。过去讲课时，王老师曾表达过对"大历史"之说的不以为然。在治学的趣味上，他关注的也常常是十分具体而有余味的问题。在这些随笔和评论里，这种取向依然明显。他总是能从细微或者不引人注意的事物、言论和现象中，点出我们思维中的盲区、价值观里的偏见，引出关乎人文意识的反思。

在相当长的一段时间里，这些文章就是从那与我渐行渐远的智性生活中射出的一道道光，持续照亮我对理性的向往、对美善的敏感和对自我的反思。让我在某些维度上的关注与思考显得不是那么可笑和孤独。在豆瓣上，有一位校友评价王老师的文章是"温柔的教导"，这恰好也是我的感受。

有时想起 2005 年春季学期，我很偶然地选修了历史学院的史学概论课。这门课的主讲教师就是王东杰老师。那时候王老师还很年轻，听历史学院的同学传说是"川大最年轻的副教授"。作为非历史专业的学生，在第一堂课上我一度错将他认作助教。

作为一门选修课，它在知识层面带给我的冲击力，甚至超过了专业课。而在知识之外，从过去的受教育经历中形成的一些固化思维，也被打碎重塑。比如在课程开始时，王老师曾经说，历史是没有用的。我大惑不解，没有用，为什么要花精力去学习、去研究？直到课程结束，我才理解到，"没有用"在某些语境下并不是负面的评价。王老师引导我们，不要受困于概念本身，也不要满足于前人给出的结论，要学会对问题作具体的、历史的判断。这样一种思维方式的建立，对我来说意义重大。虽然它也是"没有用的"。

拿到新书的时候，我无意中听到王老师可能将离川北上的小道消息。回想十几年前那个春夏，一次次从宿舍出来，穿过青春广场，走过长桥；看江安河岸边的树枝抽芽开花，看明远湖面渐次被荷叶铺满。同学们陆续走进教室，智性生活正向大家敞开门户——尤其觉得幸运。

2018 年

听见时间的回响

傍晚时分，火车从兰州车站缓缓驶出。"下雪啦！"车厢里有一位乘客叫了起来。不多时，窗边就站满了试图用手机拍雪景的人。

这是一列普通客车。自兰州始发，途经武威、金昌、张掖、酒泉、玉门、瓜州，最后到达敦煌。一路向西，窗外的雪越下越大。高速驰过的列车撕开绵绵不断的雪幕，卷起一片片白影。铺在地上的雪被昏黄的天色加了一层陈旧的滤镜，黯淡深沉。稍远处的山峦，披着一身薄雪，几乎隐在天际线下。

时至季春，这突如其来的一场大雪，似乎应和着诗人千年前的嗔怨——春风不度玉门关。

河西风物

清晨刚到敦煌，手机就冻得自动关机了。我因此差一点儿错过前来接站的旅游车。戈壁上的气候，一天之中温度急剧变化，昼夜温差甚至可达 20℃以上。至午间，烈日、风沙与干燥的空气一同袭来，手上的皮肤几乎是在以肉眼可见的速度皴裂、起皮，洗手时微微刺痛。

而更直观感受到西北的旱，是在参观莫高窟时。从莫高窟前流过的宕泉河裸露的河床里只有断断续续几道巴掌宽的细流，宽阔干涸的河床像是巨鲸翻着的肚皮。

为了看榆林窟，我独自包车去了一百多公里外的瓜州。离开城市，道路两侧便尽是茫茫戈壁。地面上零星生长着一蓬蓬红柳、梭梭和白麻。

两个小时的路程，司机秦师傅和我有一搭没一搭地聊着天。"西北天旱，雨水少。咱们河西地区的灌溉水，都来自祁连山的融雪。"2000多年前，被霍去病逐出祁连山的匈奴人悲歌道"失我焉支山，使我嫁妇无颜色；失我祁连山，使我六畜不蕃息"。2000多年后，当我踏上河西的土地，终于对这一种怆然有了实感。

秦师傅说："咱们这儿葡萄好，可是比别处都难种。"冬天气温低，为了防止葡萄冻死，农民们会把植株一棵棵放倒，埋到土里防寒，来年开春时再挖出来重新栽种。沿途农田里的大棚也和南方不同。一半是土砌的，另一半才搭骨架、覆塑料膜。我问起来，秦师傅回答："为了保温嘛。背阴面砌土墙，向阳面透光。早年还在土墙里砌烟道，冬天烧起煤，棚子里的温度就上去了。"——我心里想，秦师傅大概也是个老把式。

"旅游现在是咱们支柱产业。这十几年，来的人越来越多。八九十年代也有来看窟的，但是那时候来的大多都是外国人。什么美国人、英国人、日本人，要不就是搞研究的。"秦师傅接着说，"石窟嘛，一般人都不懂。"

经过一个骆驼群，秦师傅招呼我："看左边，放骆驼的——去过鸣沙山了吗？""去过。""骑骆驼了？""骑了。""鸣沙山旁边有个村子，比别处都富裕，就是靠养骆驼。"

多年前，村里就开始有组织地把养骆驼当产业搞。每户人家分一个号，凭号牵着骆驼到景区排队，轮流载客。"发展到后来规模越来越大，每户又加号。这跟车牌号差不多，只认号不认骆驼。不管你养几头，1 个号只能排 1 头。"骑骆驼在鸣沙山走一趟是 100 块钱，据说 3 成是景区和村里的管理费，7 成归骆驼主所有。

在敦煌三天，我遇到三位司机，分别是旅游车司机魏师傅、包车司机秦师傅和出租车司机潘师傅。他们身上一些相似的地方，共同折射着这座小城的当下。

敦煌的客运司机们似乎都有做导游的潜质。从风土人情到丝路历史再到石窟艺术，只要你起个头，他们就能顺着往下接。"咱们这里没有工业，农业也就种葡萄还有些名堂。不搞旅游，也没啥能干的。"去火车站的路上，潘师傅给我留了一张名片："敦煌淡旺季很明显的。到了淡季，没什么人来，在这里的人也没什么事干。下次来还可以找我，包车给你优惠。"

走近敦煌

敦煌处于河西走廊的最西端，距新疆哈密仅400余公里。

西北的气候和风物，与我所熟悉的西南山区迥异。戈壁苍茫，平坦笔直的公路两侧，零星生长着一蓬蓬矮小而枝条虬结的红柳、梭梭、白麻。风过之处，黄沙飞卷，雄浑壮阔。

而当我走到那些洞窟、壁画与泥塑的面前，心中掀起的波动，并不逊色于戈壁呼啸的风沙。

公元366年，乐尊和尚在城外三危山一侧崖壁上开凿第一个洞窟，作为自己修行的处所。这是莫高窟营造的起点。由于控制敦煌地区的历代政权大都信奉佛教，自魏晋至元朝，石窟营造在敦煌蔚然成风。上至王公贵族，下至平民百姓，莫不以开窟供养为尚。

在莫高窟参观时，同组有游客问年轻的讲解员："是不是有钱人修的窟就规模大一些、华丽一些，没钱的人就修得简陋一些？"讲解员说："也不能这么说。其实许多普通百

莫高窟第 231 窟外壁彩绘

姓是无法独立负担一个洞窟的营造花费的。可能是几家人在
一起凑钱开一个窟、塑一身像或者类似这样……""那不还
是有钱修大的，没钱修小的……"不甘心的游客抢白道。大
家都笑了，讲解员也笑了。

　　我理解这位年轻的讲解员，也许她只是不愿意将莫高窟
的营造描述得太过于世俗。但我想，也许在敦煌的历史上，
洞窟的营造本就不只是形而上的信仰，也是生活与风俗。

　　在敦煌博物馆，我看到了关于"沙洲画行"的介绍。由
画师、画匠、学徒等组成的画行，为古代敦煌地区的僧俗人
等提供佛画，也承担了相当一部分敦煌石窟壁画的绘制工作。
古敦煌佛教艺术市场化的情形，由此可见一斑。

去敦煌之前，我想象中的莫高窟是一个整体，也是高水平佛教艺术的代名词。真正来到窟区，沿着木栈道爬上爬下，一个窟一个窟逐一看去，才发现这一个个洞窟不仅艺术风格天差地别，艺术水平也相当参差。

很长一段时间内，敦煌都是一个在政治上很不稳定的地区。中原王朝、地方豪强与周边少数民族政权来来去去，势力此消彼长。历时1000余年的营造，涉及多种文化的相互交融渗透，莫高窟现存的700多个洞窟在佛教艺术的大框架之下，呈现出的是一种别样多元的文化景观。营造的年代，营造者的财力、审美、文化背景、价值取向，工匠的工作方式、艺术水平、对宗教的理解等等，都影响着洞窟的完成效果。

许多洞窟又不只经过一次营建。在96窟洞口附近，敦煌研究院特意保留了地面考古发掘的痕迹。来自不同朝代的四五种花砖层层垒叠。讲解员告诉我们，随着花砖层层揭开，曾有媒体以"大佛长高1米"作为新闻点做过报道。而争议不休的"张大千破坏壁画"，起因便是张大千崇古，为此不惜毁坏表层壁画寻找年代更早的作品。

一层壁画上，再覆一层壁画；一层花砖上，再垒一层花砖。在佛龛前再造莲台，塑上一身太上老君像；在不知道什么原因失去头部的佛像上，重塑一个佛头，只是与原作截然不同的艺术手法和不甚协调的头身比例让这次再造显得不是那么成功。

这些细节让历史变得鲜活。透过壮丽繁华的壁画与神情姿态各异的塑像，似乎能触到背后那些曾与我们同处一地，却相隔上千年时光的人们。他们或巧或拙；或借此尽情挥洒才华，或将之作为一份糊口的工作；有的人怀抱神圣而虔诚信仰，带着弘道的心境创作；有的人却将俗世的追求与向往见缝插针一般诉诸其间。那是许许多多活生生的人，分别在他们的当下所做的思索和行动。是他们在神佛的世界里留下了人的痕迹，如此具体，如此丰富。

时间的回响

莫高窟参观的第一站，是位于石窟群最北端的第 17 窟。这是在第 16 窟甬道北壁距地面不到一米的位置开凿的一所狭小石室。1900 年，看管莫高窟的道士王圆箓在清理 16 窟甬道积沙时，无意中发现了这所石室。11 世纪初，出于目前仍无法确知的原因，有人将大批经卷、文书、绢画、法器等收藏于其中，以砖石封闭室门，并以壁画伪装封口。在被王道士发现之前，这所石室已经秘密封存近千年。

藏经洞被发现之后的遭遇，被看作是一场文化劫难。大批具有极高的历史、文化、艺术价值的卷子，被王道士用来馈赠、出售，大量流失。

余秋雨写《道士塔》，"把愤怒的洪水向他倾泄"。他将王道士描述成一个畏缩、愚笨、无知、贪婪的小丑。但也有人列举更多的细节为王道士辩解，比如说他曾向当地学官赠送经卷，试图让地方官了解这些文物的价值，进而引起官方对藏经洞的重视。在能力范围内，他也曾为保护这批宝藏做过尝试和努力。

敦煌学家荣新江显然对这两种看法都不完全认同。他以历史学的考证方法，梳理了藏经洞文物早期的流失情况与可能去向；又从王道士曾对藏经洞文物加以分拣，将一批绢画精品和（他认为）书法精美的写经藏匿留存或转赠官员，并且很有可能曾对地方官员谎报藏经洞真实的文物数量和收藏情况等现象分析，王道士并不像一般人想象得那样完全的无知。相反，他可能不仅具有一定的分辨和鉴赏能力，还有目的地决定了部分文物的去向。他当然有无知的一面。作为一个完全没有受过学术训练的普通人，王道士判断文物的标准仅是字画精美，而那些没有什么书法价值，但具有很高的历史及文化价值的社会文书，阴差阳错大多流入国外学者手中。

荣先生在提及王道士的时候，虽然也极力克制以维持历史写作的客观，但在措辞和行文中仍然流露出了相当强烈的情绪化。对于职业的研究者来说，文物的流失不仅是抽象的情感伤害，更是具体的学术损失。

比起道士王圆箓和师爷蒋孝琬之流，斯坦因、伯希和等人在学界受到的指责温和得多。中国的学者，对他们多少有些复杂的感情。一方面，他们掳走了大批本属于中国的珍贵文物；另一方面，也有赖于他们受到的专业训练，这些文物的价值能够及时被发现、被张扬。敦煌学前辈学人姜亮夫先生就曾经半开玩笑地夸伯希和"学问好"，说敦煌重要的道教经典卷子"斯坦因拿不走，大谷光瑞也拿不走，就因为学问基础没有伯希和好。"

2015 年，《生活月刊》辑录出版敦煌人物特辑《众人受到召唤》。在这本特辑中，《生活月刊》编辑部访问了数十位致力于敦煌研究的中外学人，披露了很多耐人寻味的细节。

日本学者藤枝晃和石塚晴通通过比较研究，发现现存海外敦煌文书中有相当比例的赝品。20 世纪初叶，随着西方探险队频繁出入敦煌地区，高价收购敦煌文书，周边地区也出现了很多伪造品。人们制作赝品，然后拿到敦煌，向对文物感兴趣的西方人贩卖。

其中最有悖于我们对海外敦煌文书一般认知的，是大英图书馆馆员吴芳思的讲述。斯坦因将敦煌文书运回伦敦后，找不到合适的存放地点。他努力说服大英博物馆收藏，但仅得一间用于存放旧报纸的半地下室。向达先生 1930 年代赴英国抄写敦煌文书，发现英国人二三十年间连一个起码的目录也编不出来。二战后，这批文书转存大英图书馆，但亦无人有能力就此展开研究。

在文物的保护方面，英国人做得也不够好。他们曾出于好意将一些文书装裱上衬垫作为保护，但因为选用的纸张特性与东方纸张不匹配，使许多文书发生脱裂。直至 1970 年代，有日本文献保护专家到访，建议图书馆换用东方纸张进行处理，这才避免了更大的损失。

中国于 1944 年成立了国立敦煌艺术研究所。这是现代敦煌保护的起点。从清理洞窟地面和墙壁上的浮土、羊粪开始，70 多年来，几代敦煌人尝试着解读前人留下的秘语，完成与他们的对话。

在榆林窟，因为参观的人少，让我有机会和讲解员有了一些交流。那天遇到的讲解员叫邢耀龙，只有 23 岁。虽然是历史专业出身，但他意外的对"破坏文物"的张大千并无恶感。"我们历史学界有一句话，'一切历史都是当代史'。评价一个人，还是得回到他所处的时间背景之下。那时候没有文物的概念、没有专门的保护机构，张大千本人也不具备这方面的专业知识。用现在的标准去评价他当时的行为是不合理的。"

　　他和我讲起窟区的生活。值班守窟，就住在上世纪六七十年代修建的工房里，没有现代化的取暖设施，直到现在，还需要用柴火同大西北的冬天对抗。"在这里，我有很多时间自己做研究，或者搞创作。"他研究玄奘西行，用互联网的思维去解读敦煌艺术。也搞文学创作，在一些文学期刊发表诗歌，还打算写一部日记体的小说。"到时候，搞一个众筹出版。"

　　在时间的那一头，无数的僧众、画师、工匠，历时1000多年营造出一个瑰丽斑斓、规模宏大的石窟群；在时间的这一头，无数的学者、工程师、艺术家再次汇集，尝试用自己的努力来延续这些历史遗迹的寿命。这是智性对智性的回应，是文明的绝续，也是时间的回响。

2018 年

去文庙走走①

在昆明五华山脚下的繁华市区，有一座文庙。小的时候，妈妈带我在南屏街、正义路一带逛街，走累了，常常在文庙歇脚。作为市群艺馆的一个部分，上世纪 90 年代的昆明文庙更像是一座小巧的人民公园。花木扶疏的园子里，总有人吹拉弹唱、打牌下棋。而作为儒家"道、学、政"一体象征的古代文庙建筑，只剩下正面的棂星门，礼门、义路牌坊和小小的泮池。泮池上有一条小桥，通向一座水泥砌的凉亭。夏日里下雨的午后，妈妈领着我在凉亭避雨。微凉的风带着几丝细碎的水气拂来，我枕在妈妈的腿上，渐渐睡着。

昆明的这座文庙，始建于元朝至元十一年（1274），是云南有史可考的第一座文庙。在漫长的岁月中，昆明文庙屡次毁于战乱又屡次重建。在抗日战争时期，大成殿、尊经堂、明伦堂等主体建筑被炸毁，残留的一些建筑，则构成了上世纪八九十年代时，我所熟悉的"文庙"的模样。

---

① 本文插图由黄菲提供。

有幼年时期的这一段因缘，我对文庙一直有一种情感上的亲近，而真正理解文庙是怎样的一种存在，则是很久以后的事情了。

2014年，我到台湾旅行，专门花半天时间去看台北孔庙。出地铁圆山站，一路跟导航走，渐渐能看见一道红色围墙逶迤延伸。此地离松山机场很近，头顶不时有飞得很低的飞机掠过，一抬头，就能清晰地看见机腹的结构和机身的涂装，甚至可以看到飞机慢慢收放起落架的过程。

台北这座孔庙据说是岛上最大的，规制也齐全，只是游人不多。偌大的院子里静悄悄的，活动着的物事只有不时从跟前飞跑而过的松鼠。走到大成殿前，左右侧各有一排上锁的房子。扒着缝隙往里看，是窄长的通间，内设台案、礼器，供着密密麻麻的牌位。再仔细看，牌位上的名字是从商周到明清的古人，有的很熟悉，有的却没有听说过。乍一看，这些名字是按年代排列的，可又不完全连贯；其中好像隐藏着一种我所不了解的秩序。

为什么要在文庙中设这些人的牌位？这是台北孔庙独有的仪轨吗？

当时心中一闪而过的念头，在数年后再游建水文庙时成了一个正在被解开的谜题。这一次，我再次见到、并且真正留意到了大成殿外供奉历代儒生牌位的东西庑建筑。

与台北孔庙不同，建水文庙的东西庑是开放的。同样是窄长的通间，设台案、礼器，密密地供奉着牌位（有意思的是，这些人物与我在台北孔庙所见，是一样的）；但又比台北孔庙多一样东西，是对供奉对象的说明牌，标示人物生卒年及入祀时间。

我这才意识到，这些人物并不是随意陈列在文庙中的，他们是文庙的固定构成，也是由文庙所昭示的秩序的表达。此时再看那整齐排列的牌位，竟然对儒家的"道统"有了一层形象的理解。

严格来说，文庙并不是一种宗教场所。学者黄进兴在《优入圣域》中，对文庙的形成与发展有简明但脉络清晰的介绍。

从历史来看，文庙建筑形式和礼仪制度的最终成形，经历了相当漫长的时间。由孔子的家庙、孔氏的宗祠演变为国家的官庙，是一个相当复杂的过程；与此相对应的，则是孔子地位在国家政治序列中的抬升和儒家"道统"与"治统"的合流。

在儒家学说成为正统之后，汉朝封孔子后裔，主持孔子祭礼，孔子的祀典渐渐形成制度。此外，汉朝还开创了在位于首都的国家学府"辟雍"祀孔的惯例。对孔子的祭祀，由此从孔子居住的地方"阙里"扩展开来，并成为一种官方活动。南北朝时期，南齐、北魏分别立孔庙于二京，孔子的官方祭祀活动也有了专门场所,孔庙的官庙性质开始确立。不仅如此,南北朝时期还形成了"兴庙立学"的"庙学制",即各地依学校兴建孔庙,或者依孔庙兴办学校。这样的制度在后世成为惯例,于是地方孔庙往往兼具礼仪与教学的双重功能。

随着儒学正统地位的不断巩固,对孔子的祭祀规格愈高,体系愈全。至唐朝,则形成了较为完整的文庙配享从祀格局,以孔子的及门弟子和其他儒生配祀孔子。全国自县以上的地方政府,几乎均建有文庙,以实现对孔子的"天下通祀"。此后历经宋、元、明、清各代,文庙的从祀制度每有增益出入,最终形成现在我们能够看到的"四配十二哲,七十九先贤,七十七先儒"的庞大体系。能够进入文庙从祀孔子,是历代儒生的至高荣耀。

在儒家价值体系全面崩解之前漫长的历史进程中,文庙的祀典规格时低时高,规模或增或减;得以进入文庙从祀孔子的人,更是几乎历朝都有所变动。有的人物某一时期入庙从祀,某一时期又被罢祀;有的人物某一时期被罢祀,某一时期又被复祀……在这其中,既包含着历代帝王与天下儒林、统治权威与圣贤之道之间的势力消长,也包含着儒学不同流派和传统之间的思想博弈。甚至可以说,作为制度的文庙的演进过程,就是一种另类的儒学史。

对文庙有了一点基本的了解后，常想有机会要到各地的文庙走走。不过去得最多的，还是建水文庙。每次去建水，我都要到文庙去看看。我很喜欢那里高大的树木和天晴时波光粼粼的泮池。若逢节假日，园中总是熙来攘往，挤满游人，其中最多的当然还是望子成龙的家长和祈愿学业进步的学子。有一年春节去，正好赶上园内举办"成人礼"活动。将要高考的孩子们身着儒服，头戴峨冠，手中高擎着点燃的香火，在工作人员的引导下依次走向大成殿，叩拜孔子。两侧路边挂满了红色的祈愿木牌，殿外巨大的香炉内香烟袅袅，热闹极了。身在这样的场景之中，不合时宜地想起了学人们关于儒家是不是宗教的争论。

平日的建水文庙倒不是这样。园子静悄悄的，泮池近岸的浅水清可见底，一群群锦鲤在其中游弋。建筑物翘角飞檐的屋顶上，不时有野猫出没，居高临下面无表情地扫视过下方正在抬头打量它们的人类，然后继续懒洋洋地卧着，或是踩着屋脊走向另一片领地。不时有雀鸟在大树高高的枝叶间鸣叫。所谓"鸢飞鱼跃"，倒像是对这样的场景的描述。

前些年去北京，也曾专门去瞻仰文庙。所谓辟雍文庙，到底还是有些不同的。大成殿内依照明以降的礼制，供奉孔子及四配十二哲牌位；东西庑仍存，只是不见从祀的诸大儒牌位，改成了科举简史及所谓现代儒学在世界各地发展情况

建水文庙"万世宗师"坊

建水文庙 礼门

的微型展厅。最有趣的是大成门外，立着许多碑亭，细读碑文，却都是清朝前中期几位皇帝夸示朝廷用兵四境的功德碑。虽然颇有些滑稽，但作为文物，现在也原样保留下来了。

走在不同地方的文庙中，有时不免想到，中国社会步入现代化轨道已有百年，文庙原有的礼仪与教化功能，似乎早已经不存在了。而作为一种历史建筑和传统文化的某种象征，文庙似乎又正在被寄托、被赋予新的意义和价值。

2022 年

层叠历史与奇幻传说

第二次到访京都，我们此行的第一站，是位于北郊的鞍马寺。"鞍马山，是传说中天狗的地盘啊。"朋友说。

出发前，朋友让我多少去读一读森见登美彦。这位出身于京都大学的小哥，脑子里装满奇怪的玄想。在小说《有顶天家族》里，森见说，游走在京都这座城市里的，有三分之一的天狗，三分之一的狸猫，剩下的三分之一才是人类。天狗、狸猫，都是日本传统怪谈中常见的妖怪。天狗会飞，具有超常的法力；狸猫善于变化，可以隐匿在人群中。《有顶天家族》中的主人公，就是一只出身名门的狸猫。在出发之前，我刚读到身为狸猫的"我"，变身成美少女的模样，替失去了法力的前天狗红玉老师给神秘莫测的人类女子弁天送信，一箭射穿了弁天手中的折扇。

在出町柳站转乘睿山电车，一路向北。出城之后，沿线林木森森。电车驶过一重重的山林，虽然是白天，偶尔也会有一种登上了"猫巴士"的错觉。鞍马站，是睿山电车鞍马线的终点站。车站是一座宽敞的木屋，屋檐下挂满风铃，屋顶下方的四壁上，则挂着红色面孔、长着长鼻子的天狗面具。站内还有几排书架，陈列图书杂志，似乎是供乘客等车时打发时间的。

出站后步行几分钟，就到了鞍马寺的山门，仁王门。门上挂着预告，9月15日，寺内将举行一年一度的"义经祭"。义经？是那个被哥哥逼杀的源义经吧？他与鞍马有什么关系呢？这个问题，在等电缆车的时候得到了解答。从山门到寺院，有一段上山缆车供游人选乘。线路很短，全程大约一两分钟，

电车沿线风景

据说是全日本最短的电车轨道。穿行在这段迷你旅程中的电缆车，被命名为"牛若号"。

"牛若"是源义经的乳名。义经在幼时，曾被送往寺院寄养。鞍马寺，就是他少年时生活、修行的地方。后来帮助他成为一代名将的过人武艺与韬略，传说就是在鞍马寺修行期间，跟随大天狗学到的。

源义经，日本镰仓时代著名的战将。他的一生，与两大武士世家源氏和平氏持续数十年的争斗，以及幕府时代开启、平安时代落幕紧密相关。在他的时代，义经也是一个站立在日本历史潮流中心的人物。

义经的一生，充满悲剧色彩。出生不久，父亲源义朝便在被称为"平治之乱"的源、平两大武士集团争斗中落败身死。为绝后患，平氏四处搜捕源家族裔。义经的母亲——义朝美丽的妾室常盘带着包括义经在内的三个幼儿四处藏匿，后为营救自己被平家抓走的母亲自首。常盘曾经是近卫天皇中宫九条院的侍女，以"千中选一"的美貌闻名京城。传说平氏首领平清盛为常盘的美丽所惑，出人意料地饶恕了她和三个孩子。

司马辽太郎在小说《源义经》里，将常盘描述为一个空有美貌的木偶人，喜悲都毫无内涵，面对命运更是全无主张。但一个年轻的女人，在失去丈夫的庇护之后，携三个幼子成功躲过了平家的追捕；在得知母亲有危险的时候，又敢于主动找上门去，直面仇敌；只凭借一次见面，她就从仇人手中解救了母亲，也保住了三个孩子的性命。这样的女子，真的是没有头脑和灵魂的人吗？在 NHK 大河剧《义经》里，饰演常盘的是稻森泉，她美而不弱，坚韧勇敢。我以为这才是常盘应有的形象。

义经年纪稍长的两位兄长，被分别送往京郊的延历寺及醍醐寺出家。尚在襁褓中的义经，则被格外宽大地允许暂时留在母亲身边。在京城成长到七岁，对自己的身世一无所知的义经也迎来了与母亲的分离。他被送往鞍马寺修行，同时预备出家以彻底断绝俗缘。

身为关东武士集团领袖源义朝的血脉，义经的存在令许多对平家不满的人蠢蠢欲动。他"偶然"得知了自己的真实身份，也知道了自己身上所背负的与平家的仇怨，于是拒绝了出家为僧的安排，潜出京城前往陆奥国。途中，他为自己行了元服礼，正式改名"源义经"。在陆奥国，他得到与平氏不睦的另一个武士集团首脑藤原秀衡的庇护，经营起自己的势力。在他 21 岁时，流放伊豆的异母兄长源赖朝起兵讨平，义经举兵响应。其后几年间，义经辗转征战各地，在"一之谷之战"中，配合源氏另一位大将源范赖，率轻骑绕后，成功突袭平家大本营，重挫平家势力。

鞍马站内景

　　在此后的"讨平"战争中，义经立下赫赫战功。但在平氏覆灭之后，兄长赖朝却对他十分冷淡，没有为他叙功（也或许是兄长的给予与他自身的心理预期差距较大）。留守京都期间，义经接受了精于权术的后白河法皇册封，担任"左卫门少尉""检非违使"。猜忌心颇重的赖朝命人刺杀义经未果，兄弟间的争端由此翻出台面。法皇先下诏义经讨伐赖朝，后又诏赖朝讨义经，义经逃回陆奥，却逢秀衡病逝。秀衡之子担心赖朝迁怒陆奥，率兵围剿义经。义经在绝望之下自杀身亡，时年仅 30 岁。

　　我对源义经的了解，最初就是来自前面提到的 2005 年 NHK 电视台播出的大河剧《义经》。主演泷泽秀明，是日本当时大热的偶像。他出演义经时，只有二十岁出头，创下了当时大河剧主演的最小年龄纪录。泷泽扮演的义经，面容俊美举止文雅而气质纯净，眉宇间有郁郁之色却没有杀气，让人不太容易将这个人物与日本传说中那个所向披靡的"战神"联系在一起。这可能与编剧给剧中人物的定位有关。剧中的义经因幼年被迫与母亲分离，又受到平清盛"再造一个新国家"的理想影响，总是憧憬着建立一个富庶平和、家人亲睦友爱的新世界。年轻的偶像泷泽秀明，演出的是一个心无杂念的理想主义者。

　　比起纯净的义经，这部剧中更让我印象深刻的是平干二朗饰演的后白河法皇以及中井贵一饰演的源赖朝。

　　剧中的后白河法皇，眼神阴鸷，心机深沉。他不甘心武家势力不断坐大，却又没有正面对抗的实力，只能通过各种小动作挑动武士集团内部厮杀。平干二朗演出了院政时代这位最后的实权天皇虚弱、阴险、狠毒的可恨表象，以及在群狼环伺中作垂死之斗的可怜人生。

　　日本的天皇，号称"万世一系"，地位超凡，具有无可替代的象征意义。然而在历史上，能够掌握实权的天皇却并不太多。飞鸟时代，中臣镰足帮助皇极天皇诛杀权臣苏我氏，其后又协助孝德天皇推行改革，深得皇室的信赖与倚重。天智天皇赐镰足姓"藤原"、文武天皇纳藤原氏女为妃，由此拉开了藤原氏延续数百年的外戚干政序幕。藤原氏的专横，甚至到了天皇的废立都出自其一家的地步。对于在位的天皇，稍不如藤原家族的意，即被逼迫退位。也在这几百年间，天皇退位几乎成为一种惯例。

但随着武家势力的崛起，藤原氏的控制力也在逐渐削弱。第71代后三条天皇以退为进，退位为上皇，从藤原氏的操控中抽身出来，以"院宣"的形式直接向武家发布政令，反将藤原氏公卿架空。自此之后近一百年，日本进入"院政时代"。在此期间，以藤原氏为代表的贵族公卿势力与以源氏、平氏为代表的武家势力此消彼长，预示着新的时代即将到来。后白河天皇，是日本的第77代天皇，他的父亲第74代鸟羽天皇，是一个权力欲与控制欲都极强的人。鸟羽天皇与儿子崇德天皇争夺权力，各引源氏、平氏为党羽，爆发了"保元之乱"。源、平两大集团父子兄弟自相残杀，埋下武家内乱的祸根。保元之乱刚刚平复，源氏家主源义朝不满自己所获封赏不及平氏的清盛，再次发难，这才引发平治之乱。

后白河天皇也很执着于权力，先退位为"上皇"，继之出家为"法皇"，恋栈不去。但在平治之乱后，平家势力如日中天。清盛居然效法藤原氏，将女儿德子嫁与后白河法皇之子高仓天皇。德子生下具有平家血统的安德天皇后，平家又幽禁了后白河法皇。面对平家的威胁，后白河法皇惶惶不可终日，既恨且怕。他密令源氏讨平，却又担心源氏成长为另一个平家。绕过源赖朝封赏源义经，以及先后下诏令源氏兄弟相互厮杀，可能是他为扰乱源氏所做的最后的努力了。

与眼神阴狠的后白河法皇不同，中井贵一饰演的源赖朝予人以开朗随和的印象，他以温良无害的姿态在伊豆度过了十几年的流放生涯。与曾经对自己的身世一无所知的义经不同，在"平治之乱"时，14岁的赖朝已经跟随父亲义朝走上战场。在被生擒并送至清盛面前时，清盛问这个看上去稚弱的孩子：你想活着吗？赖朝的回答是：我想活下去。父亲和兄长都已经死去，没有我，谁来祭祀祖先呢？

在伊豆，在平氏的严密监视下，他把对平氏的仇恨和个人的抱负深深隐藏起来，韬光养晦，以过人的心智与耐力，静候时机。通过与平氏在伊豆的代理人北条氏联姻，赖朝将北条氏的势力收为己用，为对抗平氏做好了准备。公元1180年，后白河法皇之子以仁王发出密令，号召散落各地的源氏族人讨伐平家，赖朝乘机起事，在镰仓建立了幕府。参与"讨平"的源氏族裔，除赖朝、义经之外，还有木曾义仲、源行家、源范赖等几支。在剿灭平氏势力的同时，赖朝先剿灭了堂兄

弟木曾义仲，又杀死叔父源行家；其后逼死异母弟弟源义经，
囚禁另一个异母弟弟源范赖至死。至此，源氏一族中有统帅
能力及号召能力的近枝全部被清除，镰仓幕府的地位似乎无
人可以动摇了。

剧末，远在镰仓的源赖朝听人从陆奥报来义经的死讯，
独自在内室悲泣。他的夫人北条政子却难掩得意之色。

身在复杂政治的旋涡之中，纯净而理想化的义经失去了
生命，后白河法皇与源赖朝似乎却也并不是最终的胜利者。

鞍马天狗

后白河法皇费尽心机，损人而不利己。武家集团在血腥内斗之余完全脱离宫廷控制，幕府政治时代开始了。而锄尽源家杂草的源赖朝恐怕也没有想到，在自己身后，因源氏没有强而有力的继任者，镰仓幕府的实权完全落入了他的岳家北条氏手中……

鞍马山山道平缓，两侧树立由信徒供奉的灯柱，古木参天，山色青青。毕竟对异国天气不熟悉。此前有同事说，"这个季节在京都可以看红叶了吧？"我欣然应之以"拍照片回来给你看啊。"到了才知道，此时京都尚在夏日的余韵中，烈日当头，树木正当翠色浓时——哪里有什么红叶。鞍马寺山门外石阶上两三片零落的枫叶，就是我此行中唯一所见的"红叶"了。

2019 年

三十年后，再来一杯红茶吧

　　我曾经满怀惆怅地猜测，以历史学家为人生志业的杨威利，在巴米利恩会战的最后一刻，在做出停止攻击决定的那一个瞬间，是否预见了银河的未来和自己的命运？

　　和很多真正的资深银英粉相比，我接触《银河英雄传说》这部作品的时间并不长。那是在读大学的时候，一次书评学专业课做课堂评介，同班一个小小的女生讲了这部作品。记得她为了这次评介准备了很多资料。有网络视频，有动画光盘，还有动漫杂志；在一水儿的简易 PPT 和 A4 打印稿中显得特别鹤立鸡群。

　　后来她成了我在大学期间最重要的一位朋友，我也在她的影响下，读了 10 卷本的原作小说，做了坚定的"红茶党"（这是书中主角杨威利拥趸们的自称。这位青年军人嗜好白兰地红茶，故有此说）。奇怪的是，这么多年过去，我在网络上遇到了无数的银英粉，而在现实中，仍然只有这么一位读银英的朋友。

诞生于80年代的太空史诗

1982年，刚满30岁的日本科幻小说家田中芳树开始发表自己生平的第一部长篇《银河英雄传说》（粉丝把它亲昵地称为"银英"）。1988年，这部小说获得了日本幻想小说的最高奖项——星云奖。也是在这一年，《银河英雄传说》OVA动画开播。30年来，动画中的角色设定成为了银河英雄们最经典的形象。

《银河英雄传说》的故事，发生在距今1500多年之后的宇宙，人类早已走出地球,在银河系的星辰大海中开疆拓土。与脚步不断延伸形成鲜明对比的，是人类的认知局限并没有本质的突破。战争与冲突从未止息，压迫与反抗也从不间断。在故事发生的时候，银河中已经形成了一个暂时稳定的三角格局：君主专制的银河帝国高登巴姆王朝，实行民主共和政治的自由行星同盟以及在两大对立阵营中保持形式独立的经济体费沙自治领。

回溯银河的历史，在民主政治的暮色中孕育了独裁专制的怪胎，可为反抗专制而生的同盟，却在时间的流逝中再一次耗尽了海尼森"长征一万光年"时的清新朝气。作为对立的两大阵营，帝国与同盟不惜耗尽民力与物力互相征伐。帝国利用战争巩固贵族、军队、官僚三位一体的政治结构；同盟政客利用战争煽动民意，积累人望；费沙则要利用两者对立形成的信息不对称攫取巨大的商业利益。银河的历史好像停滞了，不再向前发展，而是不断重复先前的错误，周而复始。

在这样宏大的背景下，田中为小说设定了双主角的结构。形象完美的年轻帝国贵族莱因哈特聪慧正直而富有魄力，野心勃勃而不乏情义，代表着帝国新陈代谢和自我修正的可能性。他推倒了老朽的高登巴姆王朝，但又必须独自承受挚友离世、姐姐疏远和对手陨落的孤独。向往自由的同盟军人杨威利向来反对将个人置于国家之下，但自己从没有逃出责任的桎梏，获得真正的自由。他极端厌恶政客的翻云覆雨，但绝对不能容忍自己用突破民主原则的手段去建立一个自己认可的完美政治。为了维系民主共和的底线，他放弃了胜利，放弃了自由，放弃了最简便直接的路径，一次次走向荆棘密布的窄门。

分属不同的阵营的两位主角，有着各自不可妥协的底线。在朋友、对手、同志和敌人的推动下，书写着属于银河的历史。

1952 年出生的田中芳树作为战后一代，对战争、国家、集权、民粹、暴力都作出了相当程度的反思。高登巴姆王朝的创始人鲁道夫大帝，从政治狂人、民选元首到大独裁者的蜕变过程，与希特勒的生平高度重合；而在人格低劣，靠煽动民粹维持地位的同盟国民议会议长特留尼西特身上，也可以看到当代西方"民主政治"的诸多弊病。至于被费沙控制的地球教、忧国骑士团，又对应着如今笼罩世界的恐怖主义阴云。这不能不让人惊叹于田中对历史趋势的敏锐感知和准确把握。

多年来，《银河英雄传说》也曾受到一些批评，诸如科幻感不强、对政治及战争的描写幼稚、主角光环严重等等，但这并没有妨碍它成为一部影响深远的经典之作。小说塑造的世界观、价值观，乃至人物设定、故事情节，在一代读者和作者中间留下了深刻的烙印。

中文世界里的银英

在 OVA 动画播出之后，台湾尖端出版社取得了原作出版方德间书店的授权，首次在中文世界引入这套小说。关于尖端引入《银河英雄传说》的一些细节和内情，当年的审校者唐先智几年前曾经应知乎联合创始人黄继新的邀请，专门写过一篇文章。其中提到尖端出版社引入这部小说的偶然性，也提到这个版本存在的制作仓促、译稿质量不高等问题。

在尖端版问世之后，内地也开始出现简体中文版的《银河英雄传说》。据说在 90 年代，几乎每一间学校门口的租书

小说与手办

店里，都摆着几套银英。然而一个令人尴尬的事实是，直到2006年，北京十月文艺出版社才首次获得日本版权方的授权，正式将《银河英雄传说》的简体中文版引进内地。从某种角度看，这反映了上世纪八九十年代中国出版产业爆发以及市场规范缺位的一面。但反过来说，也正是这一批"非法出版物"，奠定了《银河英雄传说》在中国读者心中的地位。

平心而论，北京十月文艺版封面虽然略有低龄化嫌疑，但用的是日本原版插画者道原克巳的作品，也算尊重原著。而翻译细节上的调整，大都也是对尖端版不足之处的修正和弥补，制作不可谓不用心。

2014年，在日本文学出版领域颇有经验的南海出版公司获得了新版授权，重新出版了全10册的《银河英雄传说》。这也是目前市面上唯一仍可以买到的简体中文正版银英。这个版本的封面设计刻意回避了上一版本的动漫元素，回归小说本身所展现的浩瀚太空，是国内银英迷比较能接受的一个版本。

但无论是老版还是新版，简体中文版的背后其实是同一家推手——成立于2002年的民营出版机构新经典文化。如果今后新经典的相关参与者愿意和唐先智先生一样，出来聊一聊银英的版权引进过程，想必是一个有趣的故事。

银英迎来新时代

2018 年 4 月，银英迷期盼已久的重制版动画《银河英雄传说 Die Neue These 邂逅》开播。国内的社交网站半次元购买了新番版权，独家播出。让粉丝们惊喜的是，这次观看新番不需要注册会员，不收费，也没有贴片广告；而且在播出时间上，半次元版仅比日本本地的付费版晚了半个小时，但比日本其他免费网站和电视台早了很多。

狂喜的粉丝很快发现，出生于 1988 年的半次元网站创始人、时任 CEO 王伟也是一个银英迷。有人翻出了他 2015 年发过的一条论坛跟帖："三年之后又三年，我都从小屁孩混成半次元 CEO 了……可是重制依然没有来……"

由此，这次版权引进迅速演变为一个情怀满满的励志故事。"半次元 CEO"，成了银英粉丝津津乐道的话题。

但在实际上，半次元早在今年初就已经被今日头条收购，王伟也不再担任公司法人。换句话说，这一次银英的版权引进不太可能是单纯的个人行为，而更有可能是一次策划周密的商业营销。

一些声音质疑半次元独家引进银英可能是决策失误，因为"作为一部老作品，银英的读者集中在八零九零一代，与网站受众重叠度不高"。但不可否认的是，随着新番的播出，在老粉们围绕新旧版的优缺点争论不休、乐此不疲地寻找着两个版本的不同之处时，一大批新的银英粉丝也产生了。

在二次元由小众走向大众，由文化现象延伸至产业经济的当口，作为有着 30 多年历史的老 IP，《银河英雄传说》也走进了属于自己的新时代。我们爱的银英，永远新鲜，永远年轻，还有什么比这更令人愉快的事呢？

附：二十一世纪的银英不完全年表

2008 年，国内最顶尖的科幻小说家刘慈欣在《三体 2》中让小说里的人物引用了杨威利的名言。

2010 年，九州文学创始人之一，初代网络文学作家今何在发表长篇小说《我的征途是星辰大海》，从书名、人物设定到故事情节，全方位致敬银英。

2014 年，某高校的海军征兵广告牌上，出现了银英的名句："我们的征途是星辰大海"。

★在小说里，"星辰大海"原意是星辰的大海。但在越来越多的引用中，渐渐演变成了星辰和大海，这也算是突破次元壁的代价吧。

2015 年，日本漫画杂志《周刊少年 JUMP》开始连载《银河英雄传说》新漫画，由日本漫画家藤崎龙主笔。

2017 年，日本知名的玩具模型品牌厂商寿屋推出了以 1988 年动画版为原型的一组银英主题手办。角色分别是杨威利、莱因哈特和吉尔菲艾斯。

2018 年，《银河英雄传说》重制动画开播。

2018 年

戊戌随笔一

春帆楼下晚涛哀

1911 年春，梁启超从日本动身前往台湾考察，并为自己正在筹备的几份报刊募集款项。从戊戌之变算起，这已是他流亡海外的第 13 个年头。

二月二十五，船泊马关，二月二十八，梁启超抵"鸡笼"（基隆）港，遭到殖民当局的诸多留难（梁启超《游台湾书牍》说"台湾乃禁止我国人上陆"，因出发前在东京取有介绍书，方不致"临河而返"）。

梁启超来台，所到之处受到台湾士绅热烈欢迎。梁说："遗民之恋恋于故国，乃如是耶"。三月三日，以林献堂为代表的台湾士绅数十人，在台北东荟芳楼设宴，为他接风。梁启超即席演讲，与这些士绅们谈中国命运、谈台湾前途。

2005 年，台湾导演侯孝贤将这段历史拍成了电影《最好的时光·自由梦》。

影片开头，是黄昏掌灯时分，台北大稻埕的伎馆有客到。舒淇饰演的艺旦，迎来远人。张震饰演的男主角，就是荟芳

电影《最好的时光》剧照

楼中座客之一。两人灯下闲话，讲起外间梁先生来台的事。连艺旦也知道，梁先生是"戊戌年变法失败，逃到日本的梁先生"。

　　片中一段情节，极为有趣。讲的是艺旦的阿妹与茶庄小开相好有孕。小开愿娶阿妹为妾，但苦于赎身钱谈不拢。艺旦讲给男子听，男子提出，不足之数，自己可以负担。艺旦问：你多次在报纸撰文，反对蓄妾，如今可好违背？男子答：我反对蓄妾，然木已成舟，为阿妹终身有托，只能成全。

　　这就像是关于那个新旧交织的年代的寓言。所谓新与旧之间，本无不可逾越的界限。一面是迅速更革的道理与观念，一面是浸淫其中身体力行的人情世故；道理要讲，人情也要顾——反传统毕竟也脱胎于传统，"从权"便是来自儒家的转圜之道。

男子追随梁启超办报，奔走海内外。每来台北，即将艺旦所在伎馆作为歇脚之地。片末，艺旦问，你可有想过我的终身？男子无言以对。再数月，从东京投信来，仍讲往晤梁氏之事，提及嗣后将赴沪，未言归期。

信中附梁氏经马关时所作诗一首：明知此是伤心地，亦到维舟首重回。十七年来多少事，春帆楼下晚涛哀。他说，此行游马关春帆楼，思及梁公诗，怅然泪下。一纸书信，牵着时空相隔的两个人，各自垂泪。只是那流泪的因由、对"自由"的理解与向往，又各有不同。

许多年来，这一段默片是我心目中对甲午、戊戌以至辛亥十几年间史事最举重若轻也最诗意的影像表达。

时间倒回十七年前，正是中日甲午战争爆发之时。中国以国内最精锐的北洋水师，操当时世界上最先进的定远级铁甲舰迎战，竟以惨败收场。甲午之败，造成的直接后果是赔款与割台。由甲午之败触发的中国发展路径危机，终又酿成戊戌年的尝试和惊变。帝后龃龉致使帝国自改革的努力成为泡影，六君子人头落地，康梁避走海外；儒家价值体系由一条裂缝开始，一路崩塌不可收拾；传统社会走上"从西学不能为用到中学不能为体的不归路"（罗志田语）。梁启超的个人命运和政治关怀，也与此牢牢系在一起。

梁启超台湾之行，并不是临时起意："兹游蓄志五年，今始克践。"要追溯起对台湾的兴趣，则始于他避难日本期间，常见日本报刊新闻称颂日本在台湾的殖民成绩。此行来台，梁启超原打算对日本殖民之下台湾的经济、行政、文化与社会结构作较详细的考察了解，实际上仍是从改良中国社会的目的出发，存了参考的愿望。①

而在台湾逗留期间，所见所闻，却在在与此初衷相悖。吾国与吾民，皆勾起他对世运的忧虑和感伤。他的情感，也被在殖民阴云笼罩之下的台湾悲情所牵，似乎很难再以单纯学习和参考的眼光去看待台湾社会那些"可得师资""有所参考""可资取法"的东西了。

台湾一行，梁启超"得诗八十九首，得词十二首"，其中既有感怀于"故国山水、异邦城阙"的，也有愤然于殖民统治的。目睹殖民当局为拓宽市区道路拆毁民房，致使平民流离失所，他愤而写下《拆屋行》，极力描摹普通人在"拆屋"过程中的惨酷遭遇。而末句说"游人争说市政好，不见

① 详见梁启超《游台湾书牍》第一信。

街头屋主人。"投身社会改良十多年，梁启超不会不知道社会的兴革，是有代价的。而当这种代价，叠加上"民族国家"的羁绊，则又在代价之外更添悲情，终成无法化解的纠结。

所谓"破碎山河谁料得，艰难兄弟自相亲。"晚清朝廷既无力帮助台湾摆脱殖民之命运，以流亡者身份久居海外的梁启超，也只能勉励在台同胞"勿以亡国二字为口头禅，勿谓为大国顺民可以耕食凿饮也。"

历史的吊诡之处还在于，梁启超游台湾时，由对社会改良的追求与对山河破碎的悲愤所交织而成的纠结，在三十多年后复又演绎出另外的一种纠结。

那是台湾学者郑鸿生所谓的"水龙头的普世象征"。在郑鸿生看来，直至今日，台湾社会仍充斥着作为"被殖民者"的心态，面对"文明"的自信沦丧仍未能恢复，在"殖民噩梦"中深陷"悲情困境"。[1]

由是，再次回味梁启超过马关时那"春帆楼下晚涛哀"的心境，不能不再三喟叹。

2018 年

---

[1] 郑鸿生《水龙头的普世象征 国民党是如何失去"现代"光环的》，《读书》2006 年第 9 期。

戊戌随笔二
金庸·王韬·张元济

　　可能很多人都知道金庸的本业是办报。1948年，他被当时著名的左派报纸《大公报》派往香港参与报纸复刊。1955年，他作为副刊编辑，以"金庸"为笔名在《大公报》旗下《新晚报》连载《书剑恩仇录》，风靡香江。到1959年创办《明报》时，他的武侠小说连载已经是能够撑起报纸发行量的硬通货了。

　　从某种程度上说，武侠小说是办报过程中的副产品。市场化的报纸，要传播自己的文化主张，价值理念，前提是能吸引到人看。亦庄亦谐、亦雅亦俗的武侠小说，就是报人娱乐，或者说取悦读者的一种方式。

　　取悦读者，而不是别的什么，本身隐含一种价值取向。

　　1966年，《明报月刊》创刊，金庸撰写了题为《只有独立的意见，才有它的尊严和价值》的发刊词。他写道："本刊可以探讨政治理论、研究政治制度、评论各种政策，但我们决不做任何国家、团体或个人的传声筒。……独立不倚是一件艰难的事，有时不自觉地会看法偏颇，有时会感到难于抗拒这一种或那一种的压力……"

创业7年，至此时，"独立不倚"的《明报》收益已有余力补贴这样一份"不赢利"的纯文化类杂志，其中的"艰难"，金庸自己应该是体会最深的。

多年前出版的一本金庸传记中写过两件小事。一位《明报》老职员回忆说："查先生那时候真的很惨，下午工作倦了，叫一杯咖啡，也是跟查太太两人喝。"《明报》初创时，金庸住在尖沙咀。深夜下班，天星小轮已经停航，要改乘俗称"哗啦哗啦"的电船仔渡海。"哗啦哗啦"一次载客六人，满客发船。如果乘客想要即到即发，则须支付三元包船费。为了节省包船费，金庸夫妇宁愿在寒冷的冬夜里捱着。

但从另一个方面来说，"独立"的立场，也为《明报》争得了发展的机会。1960年代初，偷渡成"潮"，冲击香港社会。然而在当时的香港，有影响的媒体如《大公报》《文汇报》《新晚报》《香港商报》《晶报》等一干报纸面对此事集体失声。

出身《大公报》的金庸再三权衡，仍然决定介入报道。自1962年5月起，《明报》秉持人道主义立场，陆续刊发大量相关的新闻及社评。金庸由此开罪老东家，埋下了后面几年与《大公报》论战的伏笔。但《明报》也由此名声大噪，奠定独立知识分子报刊的基调。

香港的独立中文报纸，往上可追溯到1874年由江苏人王韬创办的《循环日报》。王韬出生于 1828 年，17 岁便通过乡试中了秀才，但次年冲击省试失败。之后几年中，他连遭丧父与丧妻的打击，断了仕路。

1849 年，王韬受英国传教士麦都思的邀请，进入上海墨海书馆工作，为教会翻译《圣经》等宗教读物。这段工作经历，使他成为最早接触外国文化和外国知识分子的中国学者之一。1862 年 10 月，因为卷入太平天国运动，王韬被清朝政府通缉，在英国人的帮助下，流亡香港。

初到香港，王韬仍为教会工作，只是工作的内容，由帮助传教士向中文读者译介西方宗教典籍，转为向西方读者译介中国的传统经典。1867 年底，王韬动身前往欧洲，在两年多的时间里游历了意大利、法国、英国等，近距离体验了西方的文化生活和工业文明。一来一往，大大拓展了王韬的视野。对"非中国的价值"的了解，让王韬有机会跳出中国看中国，看世界。

1873 年，王韬与人合资，在香港成立了中华印务总局，并于次年创办《循环日报》。利用这份报纸，王韬介绍西学，探讨中国改革的道路，影响了一批有志于改良中国社会的官员、读书人和职业革命者。

在中国的报业史上，《循环日报》创造了很多个"第一"。比如第一份由华人成功主办的中文报纸，第一份以政论为特色的中文报纸，第一份有意识要以舆论影响政策制定和社会风气的中文报纸……香港的土壤，也给了《循环日报》长期生存的机会。直到王韬去世后半个世纪的1947年，《循环日报》才宣告停刊。1959年，著名报人曹聚仁和林霭民，还曾短暂复刊《循环日报》。

王韬的一位传记作者，美国学者柯文说："对于像王韬这种未能以传统方式追求权力和影响的中国人来说，报纸成了一种自我实现的新途径。……从总体上对中国知识分子新的事业模式的形成，起到了推动作用。"①

柯文的这个判断，放在晚清另一位中国知识分子的事业转型中，也能成立。

1898年6月，在"明定国是诏"颁定后不久，31岁的总理衙门章京张元济经翰林侍读学士徐致靖保举，受到光绪皇帝的召见。根据张元济日后的回忆，皇帝与他谈论了滇越铁路划界的争端，感叹于中国交通落后与兴办铁路的必要；又谈了北京兴办通艺学堂的情况，勉励学生"好好的学，将来可以替国家办点事。"

这一次的奏对，张元济除了对皇帝推动变革的决心有了直接的体会，也感受到皇帝处境的艰难，进而对这一次变法

---

① 柯文《在传统与现代性之间——王韬与晚清改革》，江苏人民出版社，2003。

的前途有了隐约的担忧。

9月下旬，随着宫中形势突变，皇帝被软禁，持续短短3个月的变法失败了。与康有为、谭嗣同、梁启超一同被保举的张元济被"革职永不叙用"，随即离京赴沪。

1902年，受出版人夏瑞芳的邀请，张元济进入成立仅5年的商务印书馆工作。从兴办新学、参与变法的经历和体会出发，张元济将出版视作开启民智、扶助教育的事业，立下了长远的目标。在他的主持下，商务印书馆成长为中国规模与影响最大的现代化出版机构之一。时至出版业普遍不景气的今天，商务印书馆在辞书、教材、译著等门类的出版中，仍有着不可小觑的竞争优势，不能不说是始自张元济的基础与积累之功。

从京官到书商，张元济的转型颇为自然干脆。1904年，也许是感受到改革潮流不可逆转，慈禧借70岁寿诞"恩泽天下"，起复除康、梁之外，所有因参与维新变法被黜的官员。对于传统读书人来说，这本应是无法抗拒的机遇，张元济却拒绝了。他在致友人信中说："如今时势，断非我一无知能者所可补救。……弟近为商务印书馆编纂小学教科书，颇自谓可尽我国民义务。平心思之，视浮沉郎署，终日作纸上空谈者，不可谓不高出一层也……"

1904年初，癸卯新学制开始颁行，商务印书馆组织编印的新式教材获得巨大的商业成功。《最新国文教科书》第一册出版后不到 3 天便售罄，卖了 1 万多册。至于文化影响，这批教科书有的沿用至 20 世纪 40 年代，其中有的 1955 年还在再版。或许可以说，此时的张元济，也在出版事业中找到了"自我实现的新途径"。

不过转型这么成功的，毕竟是少数。董桥有篇散文写《王韬的心情》，说"中国读书人既受西洋学术科技的冲击，深明民富国强的好处，却因政治制度一直没能上轨道，自己也不容易出为世用，终于经常从正统文化的堂奥上溜到边厢里或者后花园中去落拓不羁。"这话挺刻薄，但与实际情况相比，就不那么刺眼了。

早年，犯罪学家严景耀在《中国的犯罪问题与社会变迁的关系》里写过一个例子。一名王姓低级京官，在清朝覆亡后丢了工作。他希望重新找一份教书的活计糊口，但新学堂的课是旧读书人教不了的。因为缺乏谋生手段，全家生活陷入困境。依靠借钱维持了两年后，他杀死家人，在准备自杀时被邻居夺下菜刀，被判处十年徒刑。在和严景耀谈话时，他说"我宁可百死不愿作一件伤天害理的事。"也是教人十分欷歔的了。

2018 年

"旧王孙" 溥心畬

以前见人称溥心畬"旧王孙",总觉得刻薄。后来才知道,溥心畬有一方闲章,印文就是"旧王孙"。既是自嘲,也就很难说到底是不是刻薄了。

有段时间爱读董桥写的文化掌故,记得他说溥心畬善画小鬼,以鬼讽世讥人,其实内心还是有孤愤的。

讥刺与孤愤,都易理解。溥心畬出生在恭亲王府,父亲是奕䜣的长子载澄,他与溥仪是堂兄弟。幼年时期,溥心畬常有机会随长辈入宫,据说曾得慈禧夸奖"本朝灵气都钟于此童"。

1911年辛亥革命成功,民国建立,溥仪逊位。十五六岁的溥心畬迁居西山戒台寺,潜心书画。1926年,溥心畬首次在北平办画展,"极轰动",据台静农先生说是"北宋风格沉寂了几三百年……心畬挟其天才学力,独振颓风"。

台先生在《有关西山逸士二三事》里提到早年曾在北平琉璃厂、后门大街等地购得溥心畬作品,可见早在二三十年代,北京书画市场上已有他的作品流通。

1932年，日本扶植溥仪在"新京"成立伪满洲国，前清遗老遗少趋之若鹜，正儿八经的近枝宗室溥心畬却避之唯恐不及。1942年，他在杭州写《臣篇》"告庙"，说"未有九庙不立、宗社不续，祭非其鬼、奉非其朔，而可以为君者也。"文章引经据典，句句不离"前圣"，把溥仪连带伪满洲宗亲骂得狗血淋头。

历史总有吊诡的一面。孙中山领导国民革命，最早祭起的大旗是"驱除鞑虏，恢复中华"。而作为革命对象的前清"旧王孙"溥心畬，尊奉的却隐隐是明末大儒顾炎武的论调："有亡国，有亡天下。亡国与亡天下奚辨？曰：易姓改号，谓之亡国；仁义充塞，而至于率兽食人，人将相食，谓之亡天下。"可见作为历史概念，所谓"家国天下"，也在因时因势而变。

1945年，日本在亚太战场全面失利，无条件投降，伪满洲国流产。战后溥心畬渡海赴台，在台湾师范大学任教，直至逝世。

溥心畬交游多在文人中，与张大千的半生友谊常为人称道，与庄慕陵、台静农等人也过从甚密。"旧王孙"的脾气似乎并不外露。

但也不是没有。溥心畬原名溥儒，早年字"仲衡"。台静农说"后来因京剧有一名演员叫'郭仲衡'的，他就不用了。"台先生常用简笔写微妙，只看这一句话，旧王孙分明也是很狷介的。

　　早年吃了董桥安利的溥心畬，心心念念想要瞧瞧。听说他的作品收在台北故宫博物院的最多，旅行时不免好好地寻找了一番。然而台北这座博物院展室规模太小，仅见到一幅墨梅。他最出名的山水、人物，还有最有趣的小鬼，一样也没有见着。

　　　　　　　　　　　　　　　　2018 年

牺牲与决心：滇军在台儿庄

2018 年三四月间，云南省博物馆与云南省档案馆共同主办了"家国情怀——抗战时期云南军人家书公函展"。展出的档案包括部分战时云南省政府（滇黔绥靖公署）同国民政府和滇军抗战前线往来电文，龙云、卢汉等滇军将领公私信函，云南省战时相关公文以及滇军将士书信等。我就在这里，见到了几份有趣的文书。

80 年前的 1938 年，也是春季三四月间。驻在湖北孝感一带，准备参加武汉保卫战的 4 万滇军受第五战区司令长官李宗仁之请，奉调前往鲁南一线，参加徐州会战。

那是全面抗战爆发的第二个年头。其时，华北重镇北平、天津，华东重镇上海以及国府首都南京都已相继沦陷。发动徐州会战，日军的战略目的很明确：打通津浦铁路，连接华北、华南战场，进而控制中国东部地区。

为阻止日军企图实现，李宗仁集结了包括中央军汤恩伯、关麟征、李延年部，西北军孙连仲、张自忠、庞炳勋部，东北军于学忠部，川军孙震部，滇军卢汉部（番号为国民革命军第 60 军，辖 182、183、184 三个师，师长分别是安恩溥、高荫槐、张冲）等约 60 万军队，分别于徐州北部和津浦线南段建立防线，竭力避免南北两路日军在徐州会师。

以时隔 80 年的"后见之明"来看，中国军队虽然在数量上占有优势，但令出多门，指挥体系不统一，且部队之间

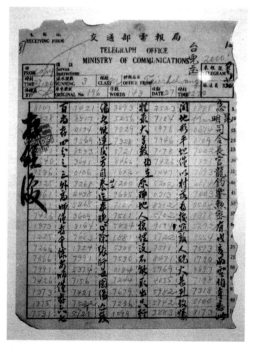

卢汉 4 月 27 日致龙云电

没有协同作战的配合经验，远不及日军之指挥有力、训练有素。

4月中下旬，滇军抵达禹王庄一线战场。自1937年底誓师出滇，此役是滇军所面临的第一场真正意义上的大战。

4月22日凌晨，滇军刚进入阵地便与日军遭遇。率先接敌的183师几乎在眨眼间便损失了一个营，全营500余人仅1人生还。183师542旅旅长陈钟书也于当日阵亡。

4月27日，卢汉致电龙云，称"此间地形平坦，仅以村落为据点，敌人炮火甚烈，故牺牲最大，多数均在原阵地，人枪埋没不能取出，只轻伤者能运后方。自养迄本晚止，除张师每团伤达数百，尚存四分之三外，高师仅存千余，安师仅存六七。"

接到前线战报，5月1日、2日，龙云连发两电致卢汉。

5月1日电文称："（一）本军阵亡人员数目过多，惟团长以上能否设法运回；（二）此次作战我步兵武器能否应付，有无缺点；装备如何较为适宜；（三）同一战线之友军最能战者有几部，姓名如何，伤亡多寡；（四）目前就前线全局观察，敌我谁属优劣，有无顾虑。以上四项电询卢军长即复。"

5月2日再发一电："急电卢（军）长及安高张三师长：前电计达。中国在此力求生存之际，民族欲求解放之时，正值绝续之交，适如总理所云'我死国生，我生国死'，虽有损失亦无法逃避。况战争之道愈打愈精，军心愈战愈固。惟

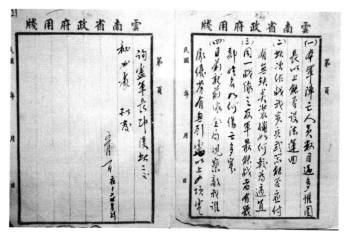

龙云5月1日致卢汉电

有硬起心肠贯彻初终（衷），以求最后之胜利。切勿因伤亡（底稿残损，后缺字）。"

　　在5月2日的电文中，龙云除了对前线战况表示关切，更向60军将领们传达了不计损失坚决抗战的决心。"硬起心肠贯彻初衷"云云，十分生动地反映出这位"云南王"一面疼惜自己的部队损失过大，一面又要鼓舞士气坚持抗战的微妙心态。

　　如果对中国近代历史稍有了解，我们就会知道，民国是一个名统一而实割据的政治结构。中央政府与地方军政势力互有消长，彼此间几乎从没有放下猜忌防范。以云南为例，

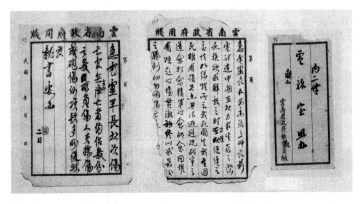

龙云5月2日致卢汉电

讲经济，本省有自己的金融体系，由新富滇银行发行的滇票相当一段时间内在省内的信用度更高于国民政府的法定货币。讲军事，滇军干部多由云南陆军讲武堂自行培养，官兵绝大部分是本省子弟；不仅如此，部队军备由省府自筹，干部奖惩任用也基本出自本省意志。在国民政府西迁重庆之前，中央势力在云南很难渗透。

在这样的背景之下，滇军能够不计伤亡，全力配合友军贯彻第五战区作战意图，就更加让人敬佩。

民族大义当前，内部矛盾暂且搁置。搁置而不等于不存在，便有了前述5月1日电文中龙云急于向卢汉了解的几项内容。身在云南的龙云不仅关注战场动态，也关注着自家部队的实战水平及同其他部队的实力对比。身为前线指挥，卢汉显然深知龙云的关切，对龙云来电中所急于了解的几项内容作了简明扼要的回复。

昆明司令长官龙钧鉴：冬秘电奉悉。（一）团长以上阵亡，尔（后）设法运回。（二）此次作战，我步兵武器装备足资应付，惟干部对重武器之联合运用不甚娴熟，实弹射击之机会太少。特种兵如通信、工兵之器材干部均缺乏，步炮联合作战及构筑工事安设地雷障碍物等经验少，对新作战术之认识浅，后方勤务组织人员不健全，参谋缺少训练。（三）同战场友军计：第二集团孙连仲三师一旅、七五军周碞二师，

卢汉对龙云5月1日电文中四项问询的复电

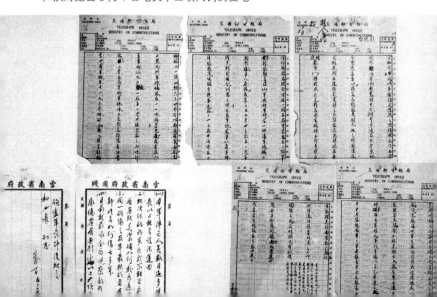

五一军于学忠二师，四一军孙震三师，第廿军团汤恩伯八五军，王仲廉二师，二五军关麟征二师，第二军李延年二师，四六军樊松甫二师，九二军李仙洲一师，五九军张自忠二师，四十军庞炳勋一师一旅，六九军石友三二师，另一四零师、一一零师、二零师，合计在卅师以上，均系鲁南韩庄、台儿庄、邳县一带战场之友军。另鲁西方面刘汝明及孙相萱部亦在十师左右。其中最能作战者，推孙连仲、张自忠、庞炳勋等部。伤亡情形除四六军、九二军、第二军系生力军外，其余与本军相伯仲。敌伤亡约二万以上。惟经半月激战，官兵已有经验，在本军阵前敌连日攻击，伤亡遗尸在二三千以上。（四）目下前线大局尚稳固。全局关健仍在鲁西能将敌后方交通确实切断，阻其增援及粮弹接济，则鲁南在稳固形势下逐次消耗敌攻击之兵力，胜利可期。职卢汉叩 江午印

台儿庄之战，滇军坚守禹王山一线27天有余，完成了阻敌的任务，但也付出了巨大的代价：部队伤亡近半，182师与183师各缩编为一个团。从徐州突围后，滇军进行了整编与扩充，随即赶到武汉，投入武汉会战。在其后的7年当中，滇军辗转华北、华中、滇西，一直战斗在抗日的第一线。

2018 年

是耶非耶陈家洛

《书剑恩仇录》中，陈家洛赴北京面见乾隆之前，与红花会众人走了一趟福建少林寺，为的是寻找他的义父，也就是红花会的前总舵主于万亭留下的有关陈家家事与乾隆身世秘密的线索。方丈大师天虹并没有拒绝他们，但给陈家洛设置了几道关卡。

这是小说中很精彩的一段描写。陈家洛与守关的几位大和尚连战四场，比过拳脚、剑术、暗器、掌法，斗力又斗智。随着他遇上的对手越来越强，小说的节奏也由松弛而至紧张，逐渐走向顶点。

最后一关，是一间小小静室，室内坐着的，是寺中武力最强的天虹大师。陈家洛有伤在身，自忖已无胜算。没有想到天虹大师并不与他动武，却讲了一个《百喻经》中的故事。

牧羊人富有却悭吝，一个狡诈的人欺他愚钝，又知道他娶妻心切，便骗他说有一个美貌女子，可以给他做妻子。牧羊人大喜，给了骗子许多财物。一年后，骗子告诉牧羊人，"妻子"给他生了儿子，牧羊人虽然没有见过"妻子"，但听说自己有了儿子，仍是很高兴，又给了骗子一大笔钱。再一年，骗子告诉牧羊人，他的"儿子"死了。牧羊人伤心极了，大哭起来。天虹大师以此为喻，告诉陈家洛他所追求的东西，有如牧羊人的妻儿，都是虚幻。

陈家洛听了，还之以《百喻经》中的另一个故事：夫妇两人贪吃，以一个饼作注，赌谁先开口说话。这时家中进了盗贼，在他们面前将财物席卷一空，两人为了赌约，都不说话。盗贼见状，便要侵犯妻子，谁知丈夫仍然不说话。妻子急了，叫嚷起来，丈夫却高兴地说："你输了，饼归我了。"陈家洛说，世人贪图眼前点滴享乐，却忘了大苦。而他所奉行的侠义之道，不能只顾及眼前。

天虹大师再讲一个故事，说老妇人在山中遭熊袭击，情急之下双手捉住熊的两爪按在大树上。熊虽然无法伤她，她也不能脱身。此时有人路过，老妇人请求那人帮助她。路人按住熊爪，老妇人却逃命去了，丢下路人独自与熊困在一处。听到这里，陈家洛回答说："救人危难，奋不顾身，虽受所累，终无所悔。"

第一次读这部小说，我还在念小学。当时大约很为主人公突破屏障达成目标而感到高兴，对于天虹大师在陈家洛身后那一声似有似无的叹息，即使留意到了，也不会理解。

后来的故事，读过小说的人都知道了。陈家洛一心说服乾隆皇帝揭开身世秘密，恢复汉家衣冠，为此不惜放弃自己的爱人。而乾隆轻易地背弃盟约，香香公主自杀示警。红花会众英雄虽然免于覆没，但好大一场"反清复明"的图谋经营，尽数付之东流。

我一直认为，在金庸的十几部小说当中，除了《天龙八部》，唯有《书剑恩仇录》是一个彻头彻尾的悲剧。而陈家洛的悲剧性，则又超出萧峰的身份困境、虚竹的得失皆不由己以及段誉的虚妄无我。

小说以清朝前期为背景，将贯穿有清一代，虽时隐时现但从未完全消弭的文化议题"夷夏之辨"拈出来，为主人公们设置了"恢复华夏"的宏大任务，全书的故事情节都围绕着这个任务展开。然而这个任务不仅本身缺乏现代性，实现的途径也很荒谬。现代读者无法理解陈家洛，源头或许就在于无法理解这个任务的"正当性"。

作为实现这个过于宏大的任务的关键，在陈家洛身上很难看到属于革命者的果决与务实。与金庸最擅长写的"历劫成大道"式的主角不同，陈家洛的前半生是平顺而经历单薄的。出身于书香门第、官宦世家，在锦衣玉食与婢仆环伺中长大，而且小小年纪就考中了举人，少年得志。此后奉母亲之命离家习武，又因为特殊的身世早早就被作为江湖第一大帮派的接班人来培养。这样的一个人，与外部世界之间缺乏对抗的逻辑与紧张感，对权力的形成与更迭更缺乏想象力。

只要皇帝换一身衣裳，世界上哪里有这样容易的"革命"？且看作为红花会革命的对象与想象中的盟友——皇帝的内心独白："他劝我驱逐满洲人出关，回复汉家天下，本是美事，只是画虎不成反类犬，别要大事不成，反而断送了自己的性命。……现今我要怎样便怎样，何等逍遥自在，这件大事就算能成，亦不免处处受此人挟制，自己岂非成了傀儡？又何必舍实利而图虚名。"

与陈家洛不同，皇帝是求实的，看得见摸得着的实利对他才有吸引力。而陈家洛所持的"道"，是凌虚的。就比如少林寺中的一番对话，天虹大师无论怎样竭力开导，都注定无法说服于他，症结其实是不能体会。他并不懂得，"终无所悔"这样的话，只能作为结论，却不能作为承诺。没有自己经历过，讲"悔"与"不悔"，都不能算数。

但在这一场对话中，最令我伤感的，并不是陈家洛的懵懂轻诺；而是说出这些话的他，是那样的真诚而且坦然。

小说写到最后，陈家洛安葬了香香公主，离开中原远走西域。直到《飞狐外传》中，众人因香香公主十周年忌辰重返京城，与胡斐程灵素相逢。胡斐初见陈家洛，将他误认作福康安。这"福康安""脸色忧郁，似有满怀心事……满脸风尘之色，一身敝旧衣衫……"借胡斐之眼，我们看到了十年之后的陈家洛，意气消磨，悒悒不乐。

　　《飞狐外传》写于《书剑恩仇录》之后五六年，无论是创作者的心境，还是故事中的江湖，都翻过了另一片天地。陈家洛在这部小说中以过路人的形象出现，天真热情已经与雄图大业一同烟消云散，只在他人的一瞥中留下一抹落寞萧索的背影——那是对一场过分潦草的失败的注解，也是对当年在少林寺中所谈及的"终无所悔"已经无需言明的回应。

　　金庸先生大约也察觉了《书剑》中不落实地的"侠义之道"与人情人性的不能自洽。他很快放弃了书生式的自我拔高与自我感动，笔下再也没有出现过像陈家洛这样软弱、幼稚、拖泥带水、眼高手低而又可怜可悲的主人公了。

　　然而这位空有理想却缺乏现实经验，被动走向悲剧命运的年轻人，每每想起，仍然让我觉得有些不是滋味。

2021 年

梁羽生偏爱纳兰性德

山一程，水一程，身向榆关哪畔行，夜深千帐灯。

风一更，雪一更，聒碎乡心梦不成，故园无此声。

这首《长相思》，作者是清初词人纳兰性德，表字容若。在有清一代词坛，这是第一流的人物。王国维说他"以自然之眼观物，以自然之舌言情……北宋以来，一人而已。"龙榆生也说"清代令词，盖未有过于性德者矣。"

纳兰出身富贵，是康熙朝权臣明珠之子。他与皇帝年纪相仿，21岁登进士第，22岁便选入御前，做了康熙的近侍。1682年，康熙东巡盛京，纳兰随扈，在途中写下了这首小令。

十几年前，柯以敏唱过这首词，那是电视剧《七剑下天山》的主题曲《空船》。短短十来句歌词，被唱得悠远苍凉，有旷野之音。听到这首歌时，我想选歌的人倒似乎是蛮懂这个故事的。

《七剑下天山》的原作者梁羽生十分偏爱纳兰性德。左手散文右手小说，他都写过纳兰。

　　梁羽生在小说里把纳兰容若写作多情重义的康熙宠臣，他不以立场论是非，出于理解、同情与欣赏结交各路江湖人物，三番两次对他们施以援手，甚至连缘由也不过问。他与冒浣莲偶然相识，遂惺惺相惜引为知己。大战来临之前的军中相见，来自不同阵营的两人品茗长谈，在讲诗论文之外，也讲各自胸怀抱负。还有那若有若无的一缕情愫，既含蓄温柔，也光明磊落。

　　小聚之后，冒浣莲赠词以别，桂仲明舞剑解酒。纳兰为他们高兴之余，不免黯然独归。小说里再提到他，便是篇末冒浣莲与桂仲明新婚之时。冒浣莲在婚礼当日那一瞬的别有所思，却是想起了远在京城的纳兰容若，"惊鸿掠水过，波荡了无声。"

　　"相濡以沫，不如相忘于江湖。"梁羽生本人对这一段情感描写是很得意的。1966年他化名佟硕之写《金庸梁羽生合论》，将杨过与郭襄拿来同冒浣莲与纳兰容若类比。说金庸对郭杨的情感刻画写得"比较出色"，与冒浣莲和纳兰容若的故事有"异曲同工之妙"。又说"冒、纳二人彼此怜才，感情写得非常含蓄，意境也很超脱。"

　　除了在小说里"夹带私货"，梁羽生在报纸专栏上也常写到纳兰。以至于金庸在"三剑楼随笔"中写《顾梁汾赋"赎命词"》，起首第一句竟然是"梁羽生兄在这随笔中连谈了三次纳兰容若"……

　　或许是早年深受左翼文学思潮的影响，梁羽生不只对纳兰的词学和风骨特为推崇，还称赞纳兰"以相国公子的身份，却大胆的鄙弃了贵族的生活，追求个性的解放和精神的自由。"

　　从这段评语中看，梁羽生对纳兰的欣赏，还在其自我革命的一面。而有趣之处又在于此。梁羽生的底色其实是一位旧学底子颇厚的老派文人，但受时代风潮影响，一生都在与自己的精英立场作斗争。

　　这两种取向在他的作品表达中形成了某种撕扯。他笔下的主人公大都是张丹枫、卓一航、唐经天这样文化修养与社会地位都高的文人侠士，端端正正行走在"儒"的价值体系之中。可是写得特别精彩的，却是凌未风、练霓裳、金世遗这样，或横空出世或离经叛道的"畸零人"。前者大约代表了他的自我认同，后者却是他脱离现实的向往。

　　从这个角度再看他笔下的纳兰。公子再好，毕竟是"槛内之人"，只能与冒小姐擦肩而过。我们呢，只能为相知不能相守的故事，长长久久的惆怅。

　　　　　　　　　　　　　　　　　　　　　2019 年

震后读《师友杂忆》

　　生平第一次强烈地感受到生命的有限和无能为力，是在汶川地震发生之后。那时我正在成都读书，毕业论文已经修订完毕，很快将迎来答辩。

　　经过最初几个小时的茫然和惊慌，我们被学校分别安置到足球场一类的开阔地过夜。那几乎是我曾经历过的最为漫长的一个夜晚。因为通信大面积中断，我们只能从电台获取外界的消息。灾情信息通过电波不间断地传来，晚上7点左右，播报的伤亡人数已经达到数千。周围有人在哭泣，更多的人在沉默，我在其中，既悲伤，又恐惧。

　　5月的成都，本应是闷热难耐的，而12日晚间却降温了。夜雨来袭，球场中没有遮蔽，撑伞只能勉强挡住头部。为了防止雨伞被风吹走，我和室友不得不轮流打伞。除此之外，不时发生的余震，也让人无法安睡。

　　当新的一天来临，为打发几乎停滞的时光，也为填补被惊恐所占领的空隙，我们都在想方设法给自己找一些事情做。就这样，我再一次翻开了钱穆先生的《师友杂忆》。

我记得有几位老师曾经推荐过这本书。印象比较深的，就有讲"现代新儒家"的丁元军老师。不知道是不是因为一直教书的缘故，在丁老师身上，有一种微妙的狷介之气，既恳切温和，又坚忍自持，几乎有些不像现代人。他对传统学术充满脉脉温情，有一次讲到儒家在近代中国的境遇——"一丝儒线，不绝如缕"，几乎哽咽出声。我因此相信他对持文化保守主义的钱穆先生有一种情感上的亲近。所以，当他提起往届有一位学生在中学时便读完钱穆的全部作品，语气中才分明有种难得知己的得意。

我显然不是那一类文化"知己"。在这之前，我几次翻看这本书，过程都断断续续、可有可无。钱先生的叙事平淡而近琐碎，颇挑战我的耐性。

奇异的是，在余震的煎熬中，它竟然成功安抚了惶惶然的我。我第一次体味出，在颠沛离乱之中，在文化与社会的剧变和翻覆之中，维持那一种"平淡而近琐碎"的从容，需要多么强大的内心。

书中回忆，西南联大时期，钱先生寓居蒙自，同事陈梦家劝他写一部中国通史教科书。钱先生初时也有犹豫，担心流亡之中写作多有不便。后来，他在《国史大纲》的引论中解释自己同意撰写本书的初衷，是要为劫难中的中国，做一部完整的国史，以此向国人展示文化延续的脉络。这样的文化情怀，很大程度上冲淡了我对"天地不仁"的忧惧，也将我从人生而渺小无力的悲观心态中解脱出来。

常常觉得，人生中有一些类似在合适的时间读到一本合适的书这样微茫而偶然的闪光。那可能是微不足道的，远不足以与强悍的外部世界抗衡，然而在那个节点，却能给脆弱的心灵提供一个支撑。

（原载 2015 年 4 月 23 日《春城晚报》）

郯城的困境

郯城县，位于山东省最南部。1673 年，曾任郯城知县的去职官僚冯可参完成了《郯城县志》的编写。在这位仕途不利的失意知识分子笔下，17 世纪的郯城是一个充满悲剧色彩的地方。不可抗拒的自然灾害，连年的叛乱、战争以及层出不穷的盗匪，不仅使这个小县城始终笼罩着饥饿和死亡的阴影，也让基层社会的秩序处于崩解的边缘。

《王氏之死》的主人公，即登场于这样的"舞台"之上。1671 年，郯城西南的一个小村庄中，农妇王氏与人私奔，却在途中被情人抛弃。当她选择回到家乡后，又被自己的丈夫扼死在一个雪夜里。与人私奔的女人，自然没有资格进入县志这类官方性质的地方史志。但作为这起非正常死亡案件的受害人，王氏被案件的侦办者、时任郯城知县的黄六鸿记录在自己的居官笔记中。

300 年后，历史学家史景迁读到了这则笔记，并被这个农妇曲折的命运所吸引。借助县志、官员笔记以及曾在郯城生活过的蒲松龄所创作的小说，史景迁开始对王氏生活的环境和场景进行复原。

　　记录或者还原过去，似乎是历史学家的分内之事。往往只有历史学家本人，才能明白完全重现过去，几乎是不可能完成的任务。随着时间一同消逝的，不仅有有形的实体，也有无形的信息。为了使王氏在历史中复活，史景迁从官方史料中搜集人口、耕地、赋税一类的实据，也在小说中捕捉社会氛围、文化取向、生活细节这样的无形信息。在实与虚之间，寻找衔接的可能。

　　通过他的努力，以农妇王氏为原点，我们触摸到了处于困顿中的郯城。

　　首先陷于困境的，是王氏和她的家庭。在王氏生前，属于这个佃农之家的，只有一间房屋，以及饭锅、灯、席子和草垫这寥寥几样家什。在清朝初年的郯城，这类处于社会底层的人群，不仅是天灾、战乱最易侵袭的对象，同时因为行政和赋税制度的漏洞，他们往往还承受着畸高的风险和负担。而他们无力改变自身的境遇，就如同王氏不成功的私奔。

　　面临困境的远不仅是王氏。即使是对于管理者而言，郯城的状况也让他们充满压力。冯可参担任郯城知县仅两年就遭免职，原因是"连续两年处理县内帝国驿站的马匹及财政不力。"

　　黄六鸿试图有所作为。他对积极生活、依法纳税的人进行表彰和鼓励,并试图处置那些对秩序造成威胁的地方势力。从实际的效果来看,尽管他是此地的最高行政长官,尽管他对基层社会的弊端了解颇深,但在很多情况下,他仍然不能达成自己的预定目标。这种超越阶层困境,不可避免地指向了清初基层社会在组织和管理上的无力。

《王氏之死》是历史写作的一种尝试。史景迁以细腻丰满的笔调,重新构建了清朝前期郯城社会的生活图景,如小说一样鲜活,却不失历史研究的严谨与洞见。

（原载 2014 年 12 月 16 日《春城晚报》）

无法满足的想象

从朝鲜王城出发，经义州过鸭绿江，北上辽东城，然后经山海关进入北京。在 14 世纪末李朝朝鲜与明朝建立宗藩关系后，朝鲜使团沿着这条"朝天"之路行走了两百多年。

1636 年，已经控制辽东的皇太极改国号为清，并第二次征朝鲜，最终逼迫朝鲜签订城下之盟，改事清朝，并向清纳贡。自此以后，朝鲜与明朝之间的宗藩关系正式终止。朝鲜每年仍按例派出使团，入北京朝觐清朝皇帝，只是使团成员所撰写的朝觐记录，悄然由《朝天录》更名为《燕行录》。

对于行走在朝贡路上的朝鲜使节团来说，从"朝天"到"燕行"，表达的不仅是他们面对这段旅程的心态变化，也是他们关于"中华"想象的认同危机。

明亡之前，朝鲜对中国奉行"事大"的外交策略，同时亦有基于儒家学术的文化认同。这种认同，使朝鲜对中国的宗藩关系在政治策略与文化思想上达成统一。然而，随着明清易代，在儒家文化体系中处于边缘的满族人成为中原之主，朝鲜原先在宗藩关系中所维持的政治与文化的统一也断裂了。

过鸭绿江，出九连城，使团成员满心凄惶地走进"满目膻腥""斯文扫地"的清国。失去了文化认同的寄托，朝鲜使团眼中的中国，呈现出一幅幅光怪陆离的图景。使臣们对中原衣冠的变异、礼乐的崩坏、风俗的移易耿耿于怀，对接触到的中国汉族士人冷嘲热讽，也将对方的羞惭、惶恐尽收眼底。

这些朝鲜士人们无法（抑或是不愿）相信，根深蒂固的文化传统在外力的作用下如此不堪一击。为了弥补这种失落，他们甚至拿出了一种几乎可以称之为"越俎代庖"的热情，来为自己心目中的"中华"招魂。这其中，围绕江南女子季文兰的抒情与议论，无疑是很具有典型意义的。

17世纪末，朝鲜使者金锡胄路过丰润县榛子店，在一户人家墙壁上看到一首题诗"椎髻空怜昔日妆，红裙换着越罗裳。爷娘生死知何处，痛杀春风上沈阳。"诗旁小序自述身世，作者原是江南女子，丈夫被清人所杀之后，自己也被人掳去沈阳。

在前后百多年间，经过此地的朝鲜使臣，曾反复提及这个故事，将这个叫做"季文兰"的女子的遭遇描述为明清易代所造成的悲剧，为了支撑这种想象，他们有意忽视了季姓女子更有可能是吴三桂所部家属的历史证据。而朝鲜士人对季文兰的想象还未到此为止。乾隆年间，一位朝鲜使者在例行和诗表达了对这个悲剧的同情之后，又加上一行旁批："可怜，书完只欠一条罗巾。"——对于朝鲜士人来说，当"季文兰"成为失落传统的化身，让她以死全节，更有价值。

很可惜，历史自有其履迹，无法满足邻国使臣们的想象。也许从这个时候起，文化的错位和纠结，已经成为了东亚各国的历史宿命。

（原载 2014 年 8 月 17 日《春城晚报》）

书斋之外的关怀

2016 年 4 月,《读书》杂志刊出了罗志田先生为自己的新书《道大无外》所作的自序《且惭且下笔》。作为一位在专业领域内成就卓著的历史学者,他在这篇自序中所表现出来的,对于面向社会公众和非专业读者写作时的小心谨慎,似乎有些让人难以理解。

在《且惭且下笔》中,罗先生将自己的"忐忑与困惑"归结为两个问题,分别是"今日学者应当怎样服务社会"以及"自己是否有此服务社会的能力"。此言何出?我想大概可以尝试从罗先生对当代读书人、对自身的角色判断中去寻找一些线索。

罗先生的治学方向,集中在中国近代思想文化史领域,对晚清以降读书人社会角色的转变多有留意。在传统儒家社会中,"士为四民之首",读书人居于社会的中心,集道统与政统于一身,对"天下"负有不可推卸的责任。而在教育愈加专业化、社会分工日趋精细的今天,读书人所下的功夫与所发挥的影响,更多的都体现在了专业领域。罗先生曾在一次接受采访时谈到过，"知识分子的边缘化"是一个整体的、发展的，某种程度上仍在进行中的历史进程。从这个角度来说，他对"知识分子"这个群体所做出的学术判断，或许也包含了他对当下自身角色的一种判断。

从社会影响的角度说，读书人从"中心"退到"边缘"；但从文化思想的角度说，读书

《道大无外》社会科学文献出版社 2016 年出版

人却不能就此袖手旁观。这便是罗先生"志忑与困惑"的由来。

然而即便"志忑与困惑"，几年间，罗先生还是从学术研究中抽出手来，写自己读书治学的点滴体会、写对当下社会的观察与思考、写对大学教育与科研体系的建言……这些文章，有许多是已经溢出了书斋的关怀。话题或许也涉及"公共"，而下笔时却仍然是谨慎甚至不失疏离的，似乎并无意于在大众传媒的舆论场域中争"话语权"。他以史家的手眼，写"非专业"的文章，或许其中最值得仔细体味的，还不仅是纵横古今的视野、收放自如的笔锋，而是专业学者在介入社会公共领域时对自身角色的定位和对言说分寸的把握。

实际上，讲到自己书写这些文章的原则，除了再三强调"读书人的责任"，罗先生还举了法国知识分子的例子，谈知识分子应有的自觉：志存高远也思存高远，在介入（或者说服务）社会时，更需要维持学者的主体性，对社会保持应有的反思。

（原载 2016 年 6 月 6 日《春城晚报》）

从个人记忆到历史认同

　　《家在云之南》的叙述，是围绕上个世纪社会激变时期，昆明城中的一个家庭展开的。个人化的视角与集中的叙事切口，使这部回忆呈现出了"比小说还曲折"的细节感。书香门第、家风严谨的母族与仕宦之家、结构庞杂的父族，在新旧冲突交替的时代经由两个可爱的年轻人组合出一个小家庭，家族与时代的印迹同时映现在这个小家庭之中。

《家在云之南》人民文学出版社 2010 年出版

数十年的光阴如水流过，花开了，花谢了，故人的记忆留下来。

　　慈和温柔的母亲，最难得是有天然的乐观豁达。严重的心脏病，让她卧床十几年；但疾病没有给母子间的关系带来阴影，相反，她们为彼此付出了更多的情感。她们互相牵系、挂心、惦念；互相宽慰，背地又悄悄为彼此的处境伤心落泪……在艰难的年月中，病重的母亲强自支持，一面是出于对生命的珍爱，另一面，竟是为被国家分配到外地工作的儿女们留下回家的理由。父亲作为大家族的长房长孙，深得嫡祖母的宠爱却被父亲视为致妻子早逝的罪魁。他在外是自立自强，有天分并且抱负远大的专业知识分子；但在家，他暴躁自我的"大少爷脾气"也曾让女儿伤心和困扰。然而在文字中，当他作为一个回忆的对象出现时，那渐渐年长的女儿，最终理解了他身上所背负的、来自于家族及时代的双重困境。还有那曾被亲昵地称做"傻丫头"的作者自己，被裹挟进时代大背景之中的成长经历。她凭借着继承自家庭的、对世界的美好判断，从没有放弃对自我默默的期许，并始终对时代中的荒谬保持着冷静的思考和观察。

这部回忆从"家"开始，辐射至身边走过的亲友、故人，他们对自我与他人的爱，责任，关怀，困惑；他们真实的情感与情绪，语言与行为，都通过细细的描述，缓缓流出纸端，如同复活于文字中。这种真切，使得这份个人化的书写从某种程度上成为了一种属于时代的共同体认。阅读过程中，我便时时惊异于书中所描述的那些如同出自自家长辈的行事与言谈细节；并自这种熟悉中体会到了"历史"的温度。

四年之前，通过一篇《属羊的二姑姑》，我懵然闯进半个世纪前昆明如安街昆安巷的熊家大宅，对其间曾有过的嬉笑与眼泪、安好与艰困印象深刻。因此，在四年之后翻开《家在云之南》，多少会觉得有一些冥冥中的因缘。然而直至读完，我才发现，那是一种来源于相同地缘与文化背景的历史认同；是这种认同将各种的偶然牵在一起，才构成了被称作"巧合"的表象。

（原载2010年12月12日《春城晚报》，发表时有删节）

读书人的玩意儿

接受某内地媒体的采访，被问到"你怎么看现在中国的收藏热？"董桥说："不好。"又笑"有一个好处，我的收藏升值了。"

《墨影呈祥》海豚出版社2010年出版

在出版界，纯文化类的图书多少有点冷淡，沈昌文、俞晓群、陆灏三位先生，却捣鼓出这么一套书卷气浓得化不开的"海豚书馆"，应该说，得有种"舍我其谁"的气概。董桥的这本《墨影呈祥》既是这套文丛里第一批面世的几本书之一，自然还肩负着开风气，聚人气，"让海豚成为大鱼"的重望。

薄薄的一本小册子，虽然说的是收藏，却都是一些笔墨上的故事。读书人的玩意儿，还是笔墨间的点点滴滴，最见性情。看董桥点检自己这些藏品，一字一画一纸一砚；文里文外，都透着一股清贵气。单是"清"要不得，没有一点经济基础，怎么敢望这些雅玩？单是"贵"也要不得，富贵逼人那只好是暴发户了，和那种"梦绕家山，何处是故人门巷"（《墨影呈祥·两般秋雨》）的调调，气场不合。偏偏董桥占全了。

其实再细究一下，除了清贵气，董桥还有点子弟气。所谓"家学渊源"，提起父执与师承，是苏雪林，是胡适之，是为了烧坏的董其昌扇页"一口气写十二首七绝悼念旧爱飘零"的亦梅先生。没有这点"渊源"，又哪里来笔尖底下这么多的因缘。当然了，所谓"子弟"一词，在我们昆明方言里还另有一重意思，说的大致是"出色""漂亮"；这一点，这本小小的《墨影呈祥》里的十七篇小文也占了。

人都说董桥的散文有英国散文的文意，大约是说那种蜻蜓点水般的轻巧。他写梁启超的字"落墨恭谨，字字用神，那是他惦记自己名气不小的压力，担心后世书香中人细细推敲他笔下的一笔一划。"写前清皇族遗脉中善画蛱蝶的溥靖秋"毕竟是爱新觉罗家的女史，画名从来不彰……溥松窗的公子毓嶂设立爱新觉罗网站记存雪溪堂的珍藏，有一些溥雪斋、溥心畲、溥靖秋的画作可以洽购，却也只字不提溥靖秋生平，实在有点不寻常。"类似的细节，不铺排，不推演；点一点，已给读者留下足够多的玩味空间。

　　说古玩，说收藏，董桥还曾有过篇文章，题目就很牛气，叫做《玩古董，玩学问》。试想想，同一件东西，人家讲的是学问，是故事，是心情，你讲的却是名气与价钱；怎么能玩到一起呢？退而求其次，看他玩吧。

　　　　　　　　　（原载 2010 年 9 月 26 日《春城晚报》）

触摸不一样的"风"

在中文的语境中，"风"是一个可虚可实，又虚实不定的概念。如果将历史的流变，世道人心的起伏看作是"风"，在今天历史学的视野中如何捕捉"风"，描述"风"，就有了不一样的阐释，也能衍生出富有趣味的实践。

上海人民出版社最近出版的《察势观风——近代中国的记忆、舆论与社会》，大概就是这样一本试图触摸"风"在历史时空中流动的著作。作者谭徐锋在19世纪末至20世纪上半叶这短短的几十年间，截取出7个片段。在乡居举人的日常见闻中，在"守旧"地方新式校园的绯闻风波中，在宦游者与地方人士事关尊严的保卫战中，在围绕文坛领袖生日庆典而起的层层有心或无意的涟漪中，捕捉近代中国社会、文化和政治种种变迁在不同角落里的投影。

比如，发生在1894年至1895年间的中日甲午战争，是近代中国的重大事件，甚至影响到了中国历史的后续走向。本书的第二章《天崩地解与感同身受》试图在时人的见闻和记忆中"重访"这场战事。通过不同的人充满个性化色彩的表达，我们发现面对这样一场改变国运的强风，各人的感受也是截然不同的。其中间杂着个体的经验和情感，也受制于信息传播手段和渠道的局限。

吴玉章与胡适关于战争失败的回忆中，交织着失去至亲的创伤体验。国难叠加家难，在国家危亡的紧张感中，多多少少掺杂着个人生活的苦痛，格外的深切而具体。而在蒋梦麟的回忆中，甲午之战则具象为小贩兜售的彩色画片。与事实相反，这套画片所描绘的，是起火下沉的日本舰船和戴着镣铐、关在笼中的日本俘虏。"纸上的胜仗"令小孩子们深信不疑。

更直观的，是山西举人刘大鹏与帝师翁同龢书写于同一时期的日记。

刘大鹏感受到的，是城乡居民皆贫穷，地方大小商人经营困难，"较前数年远甚"。为应付前线军事，就连山西的小县城中，也频繁有兵员调动。此外还有临时摊派与支差，令民生更加困顿。1895年是会试之年，对于传统读书人来说，这场考试本该是事业生涯中一个重要的节点。然而战争导致南北交通阻隔，"今科覆试举人……东南诸省皆不能来。"有意思的是，尽管战事已化为这样具体的压力传导至民间，士林及乡里仍弥漫着反对议和的声浪。

而翁同龢身在中枢，不仅能了解战事动态，也能了解朝中诸人的不同心态和第三方对战局、对朝廷的态度。这些信息，使他对战争前景的判断越来越悲观。他对和议之说不以为然，却对不断恶化的战事束手无策，陷入极深的焦虑与无措。

来自不同视角的同题书写，让我再次想起宋玉与楚襄王关于"风"的一场对谈，"风"拂过时，真的展示了出不尽相同的流动式样。

谭先生在《自叙》中，援引近代四川学者刘咸炘"察势观风"的史学观念，借以申明他写作此书的着眼点与着力点。刘咸炘认为，史学研究中"观事实之始末，入也。察风势之变迁，出也。先入而后出，由考据而生识也。"要了解历史，既需要进入历史的情境，以时人的视角去理解发生的事情，又要能抽离具体的事物，对历史的发展过程作整体的把握。书中的几个题目，大致都贯穿着对这一种史学观念的实践。

当然，学者有学者的任务，读者有读者的趣味。跟随作者一同进入近代中国的历史情境，其间的许多细节都生动而富有余味，或许还可以延展出不一样的解读方向和角度。

（原载 2020 年 8 月 1 日《深圳特区报》）

无目的读书

本地电视台一档民生新闻栏目主播在某次参加电台访谈节目时，说起一件趣事。因为演播室里太闷热，夏季录节目，主播们常常上半身穿一丝不苟的正装，下半身则短裤加拖鞋。不过如此滑稽的情形，镜头里是看不到的。

《听水读抄》里，多是这类镜头之外的故事。不怎么一本正经，但另有一种人情味。书中涉及数十位文化人，陆灏偏爱关注他们那些不大被留意的边边角角，在读读抄抄中，写他们的心性与趣味。

关于邓之诚的二十则《〈五石斋日记〉读抄》，占了全书五分之一的篇幅。号称"善臧否人物"的历史学家邓之诚，在日记中对时人时事有许多极富个性的评价。1953年，陈寅恪拒任科学院中古史研究所所长，邓之诚在日记中写"此何说欤？"1957年，他得知陈寅恪做柳如是研究，日记说："可笑。"言下颇有不解之意。1958年，北大与中古史研究所相继展开针对陈寅恪的学术批评，邓之诚日记说："寅老老运恐不佳也。"似乎又有点职业性的先见之明。1959年由他整理的《东京梦华录注》出版，日本学者入矢义高旋即写了一篇批评文章，说该作疏漏甚多。他读过之后很有些不服，因当时已经病重，精力不济，他没有公开与批评者论辩。但在日记中，却不仅有他的自辩，并且有抱怨入矢氏"小鬼之笨，诚不可及"的牢骚话，十分自负又十分可爱。

诸如此类日记主人本不预为外人道的私谈，陆灏不仅自己读得津津有味，且吐槽吐得兴致勃勃。

陆灏在《"同情兄"》一文中，自嘲是"天生小报记者八卦眼"。这本《听水读抄》，正散发着浓浓的八卦气息。有人不喜欢，说是小气象。我却很喜欢他没有预设的立场与价值判断，自己的身段放得低，读与抄都无关宏旨。也许正因为没有摆姿态的负担，这些文章不仅能很愉快地讲八卦，还能抱持一颗同情之心，揭短也揭得不带恶意。

上世纪90年代，陆灏就主持编辑过新世纪万有文库、书趣文丛等在读书人中具有相当影响力的大型文化丛书。曾经过他耳目的典籍图书之多，普通读书人与一般写作者大概都难以望其项背。在《听水读抄》收录的近百篇文章中，涉及学术著作、正史野史、小说笔记、札记题跋、书信日记、回忆档案等百十种材料。材料与材料之间，经作者的连缀，还能相互印证或补充，呈现出另一份令人玩味的风景。

陆灏曾写过一篇《散漫读书十年记》，说1995年之后，自己再不必为工作而读书，"对我而言，天下已没有非读不可的书。"不必因工作而读书，便没有目的的纠结。如此，才能在书丛中，读出一番别样的趣味来吧。

（原载 2014 年 9 月 21 日《春城晚报》）

变中之变

　　历史学界有句颇受非议却又流传甚广的名言叫"一切历史都是当代史"。一方面，历史叙述无法摆脱属于"当代"的阐释；另一方面，"当代"亦在有意识地从"历史"当中寻求根据。有这两层意思在，读者读史，便不得不察：我今所读，究竟是"历史"还是"当代史"？

　　《山雨欲来：辛亥革命前的中国》这本小书缘起于一次对谈，陆建德、罗志田、沈渭滨、许纪霖、杨国强、周武六位学者从辛亥之前的中国社会讲起，共话一段变中有变的历史。从出版的时机来看，这不外是一个应景之作。但好在不娱人、不哗众、

《山雨欲来：辛亥革命前的中国》
上海书店出版社 2011 年出版

不演绎；虽是"应景"，倒也是态度诚恳、本原历史的。

在从传统中国向现代中国过渡的过程当中，辛亥革命是一个关口。国人通过"革命"这种手段，强行扭转了整个社会的走向。至于这种路径上的改变，将对其后中国社会的发展带来多大程度的影响，恐怕当时的人并不一定能料想得到。

晚清的三十年洋务，十年新政；一面是学堂、新军、咨议局这些新事物成了"为社会重新造群类的地方"，培养出了以社会革新力量面孔出现的新社群，另一面则是在改革中产生的利益冲突和社会矛盾高度集聚——变革的基础，已经成形。于是1911年10月10日武昌城内的枪响，竟能使"天下景从"而收一呼百应之功，便不仅是出于"革命"本身的力量，倒更像是借"革命"的契机宣明了时人对变革社会的诉求和共识。可惜的是，在这一共同的诉求之下，交织的却是不同的社会群体对社会做出的不同判断，由此而在变革方式、建设路径及在变革中将达成何种社会目标等关键性事务上呈现出分歧、迷茫与缺乏准备的一面。许纪霖引述唐德刚说过的一段故事，讲革命发生之时，孙中山正在美国科罗拉多州打工，一个朋友奔进来高呼："逸仙啊，不要洗盘子了，回国当总统吧！"

政治革命成功了，但有能力主导社会革新的政府没有建立起来；能支撑新社会的文化及思想基础依然阙如；族群对立，地方与中央龃龉——社会重构过程中出现的各种分化无法弥合……"于是辛亥革命之后的历史，便不得不在时间上前后倒置地展开于社会变迁之中，去为一场成功得太容易的革命做完它应做而未做的事"（杨国强语）。而中国，在尚未有余裕细味革命的果实之时，便又不得不重新出发，去为那些植根于历史深处的层层变局寻求解答了。

2011 年

千江有水千江月

　　"印度阿育王，治斋请天下僧道，众人皆已来过，唯独平埠炉尊者，延至日落黄昏之时。王乃问道：如何你来得这样迟？平埠炉回答：我赶了天下人的筵席。阿育王叫奇道：一人如何赴得天下筵席？尊者说：这你就不知了！遂作偈：千山同一月，万户尽皆春；千江有水千江月，万里无云万里天。"

　　——千山同一月，万户尽皆春。千江有水千江月，万里无云万里天。看到这个偈子，是在很偶然的时候。在那一瞬，我不知其所指，却不知为什么想起了拈花微笑的迦叶尊者，想起了弘一法师的"悲欣交集"。似乎是一种洞悉的智慧，一种无边的静谧；难以言喻。

　　比如有时候会陷入一种不知道究竟是异常平静还是异常不平静的状态之中：第一次在大学里过中秋，几个人拿着月饼、果汁在楼道里跑来跑去，兴头很高。但蓦然地一回头，就从窗中看到了那个月亮：轮廓清晰，光彩饱满，稳稳地定在天上；说不清是沉凝还是平静的一种感觉。一瞬间，觉得周围的世界静了下来，刚才的兴头、热闹等等霎时退去，而另外的一些东西——很多事情，很多思绪又刹那涌来。突然一阵莫名其妙的感动，一边想哭，一边又想微笑——恍惚得不知道究竟是喜是悲。

一向总觉得人的生命是一种恒久的，无名的，而又不脱的状态；很难讲得清究竟是悲哀还是喜乐。那个学期，看了《悲情城市》，电影很长，近三个小时，看完之后，满心涌动的就是这种说不出来的感觉，似喜似悲，大喜大悲，却又不喜不悲。

由日本音乐人喜多郎作曲的《悲情城市》主题曲，也给人这种感觉。弥漫在整支曲子中的，是一种像雾一样的悲伤情绪，它若有若无，却又严密的包裹着所有的人。但处在这种悲哀之上的，偏偏又是比雾还要广阔深沉的平静：是"小上海"酒家的平静，是宽美的平静，是喜多郎的平静，是侯孝贤的平静，也是台湾乡土的平静，其实更是普通人世的平静。

平静，是普通人面对人生悲情的态度。是因为熟悉了这种悲情，是因为没有勇气采用极端的手段反抗，或者是人本身所有的承受力和包容其实远远超出了一般的想象？想来想去，还有什么比"悲欣交集"更能涵盖人世的状态；如此的普通，普通得让人只能平静，然而其实是无比的完整。

就像《悲情城市》的音乐，充满悲情，但人又并不因这种悲情而悲情、而毁伤，反而是洞悉与了然，千般的际遇起伏和喜怒哀乐，化成内心无比的静——所谓"悲欣交集"，所谓"千江有水千江月"，就是这同样的一种状态：恒久的人事代谢，但仍然有恒久的安宁。

看到这个偈子的偶然，来自于这部叫作《千江有水千江月》的小说。

2005 年有一次逛成都书市，看见人民文学出版社的一本新书《千江有水千江月》，虽然不知书的内容是什么，但这个名字给人一种瞬间的、心沉静下来的感觉。然后看了简介，似乎是一部爱情小说，又见作者是台湾的，萧丽红，觉得很陌生，便没有买。

后来翻查"千江有水千江月"这句话的来历，发现关于这本书的很多文章，才知道原来人民文学的这个版本都已经是这本书的二十五周年纪念版了。回昆明后又在书店见到了这本书，这回注意到封面，浅米白的底，灰蓝色调的一片芦苇，占了五分之一左右的位置，说不出的干净淡然，倒与"千江有水千江月"的意思十分贴合。

等到真的读进去，才发现如果将这部作品说成是爱情小说，无形中是消减了小说本身的价值和意蕴。小说中的人，和人所经历的事物、赖以存身的环境，无一处不是浸入了深深浓浓的文化情感。似乎这才是这部小说的主题——天地间的大情。

台南民间的风土人情，在字里行间有着强烈的鲜活感。婚丧嫁娶的礼俗，点点滴滴的日常琐事，诸如一碗元子，一团麦芽糖，一个玩笑，一封信札……琐碎而生动；月下的鱼塘，宗族的大院，熟悉的邻里……亲切，且又总能轻易的引起感触。这一切的一切，构成宁静安详稳定并且极能给人安全感的家园乡土。它们是人灵魂之中的根基，它们让人有了依靠，有了退步之所，有了保护：所以杳无音讯数十年的大舅，终是要回来；而受了伤的贞观，也要回来。大舅在这里做回儿子，丈夫，大舅，大伯；而末了，贞观就只有在这里、也只有在这里，才可以将所有大信给过她的痛苦"还天，还地，还诸神佛。"

——这可算是这小说的一个有意思处：这部以佛家偈语作题的小说，其中的情怀、情感、情境，却更多是儒家的、世俗的、乡土的。

它当然也不是全没有佛家语。贞观和大信闲谈，大信讲"一念万年"："刹那一念之心，摄万年之岁月无余——"；阿嬷给贞观姊妹讲故事，讲寒江关樊梨花与杨藩与薛刚两世的因果相循……然而这佛却已不是西天的佛，而是世俗的佛。一念万年是佛家的一念万年，却也是儒家的一念万年（大信引了两段关于"一念万年"的话，除了上面出自佛经的一句，尚有出自明儒的一句："一念万年，主宰明定。无起作，无迁改，正是本心自然之用。"）；而生生世世的轮回之所以"情可它有"是为了"若是没有下辈子，则这世为人，欠的这许多的恩：生养，关顾以及知遇的恩，怎么还呢，怎么还？"

在萧丽红的故事里，佛家和儒家，相争上千年，最后却是双双融在中国广阔乡土的世俗之中。

一个故事翻完，似乎仍有未尽之意，却在后记中看到这样一段话：中国是有"情"境的民族，这情字，见于"惭愧情人远相访"（这情这样大，是隔生隔世，都还找着去！），见诸先辈、前人，行事做人的点滴。

于是释然。佛也好，儒也好，其他的百家诸子，之所以能活生生鲜灵灵的在中国延续千年，原来是化进了这样大的情里了呀。

2006 年

走了千里万里

2016年12月底，我到曲靖出差。在陆良县完成对几个农机合作组织的采访后，已经是傍晚，吃过晚饭，一行五人还要赶回麒麟区。夜路不好走，大家也都有了倦意，车里静静的。行驶到马龙县月望乡境内一个小村庄时，汽车突然停下了。酒醉的村民骑摩托回家，撞倒了一条晚归的牛，将村中那条不宽的水泥路堵得严严实实。警车闪着灯，两名交警与三五村民围着现场忙活，但交通什么时候能恢复，谁也说不准。看看时间，已近10点，随同采访的曲靖市农业局一位副局长宽慰说："不要紧，人在外随路吧。"

这些年因为工作的缘故，走过了云南的不少地方。当时任务在身，常为消耗在路上的大把时间而感到焦躁。可是偶尔回想起那些可能没有机会再重复的旅途，又觉得有几分眷念。

2014年春天，我和同事小谭到迪庆州采访扶贫工作。当时的交通条件，从昆明出发，需要乘12个小时的大巴，才能到达香格里拉。小谭家就在香格里拉，我却是第一次体验这么长时间的车程，又是无聊，又是不适。去程中唯一的亮色，是那天下午三四点，司机将车停在一片河滩上休息。我们俩下车活动手脚，一眼看见河对岸有一树盛开的桃花。一团绯色衬在荒山苍黄的背景中，艳得发光。

那一趟，我们走遍了迪庆的三个县市。开车陪同我们采访的，是迪庆州扶贫办的和老师，一位让人觉得心里很踏实的中年干部。我还记得离开香格里拉前往维西县的时候，在一条小街上遇到他刚放学的儿子。他停下车，把头伸出窗外，叫住孩子："回去莫贪玩，自己把饭热了吃掉。告诉妈妈我要下乡去几天。"小男孩点点头，大声答应："好，认得了。"

当晚住在塔城镇，我出门买水。镇子中心只有一条直街，街面上唯一还亮着灯的房子，是只有三四排货架的小超市。只要一抬头，就能看见满天低垂的星斗，是在城市里不能见到的景象。

迪庆的春天好像没有暖意。一天上午在山村采访，中途下起雨来。雨势虽然不大，但和着高海拔山区稀薄的冷空气，冻得我不住哆嗦。午饭在村委会食堂吃，大屋里笼着烧得很旺的火塘。我缩在火塘边，渐渐感觉自己又活过来了。灶台就在屋子的另一边，帮厨的大姐麻利地用大铁锅翻炒老豆腐，香气扑鼻。

待回到香格里拉市区，小谭带我回家吃饭。客厅里支着暖烘烘的被炉，我们围坐在被炉边，把手脚都塞到被子下暖着，谭妈妈打开抗高反的红景天口服液给我们喝。那样温馨又放松的场景，似乎是那么多年出差经历中绝无仅有的。

紧挨迪庆的怒江州，也是云南省贫困程度最深的地区之一。怒江州贡山县独龙江乡，坐落在中缅边境线上，是"中国最后一个通公路的民族乡"。读大学的时候，我读过云南大学学者郭建斌关于独龙江乡的传播学与人类学跨学科专著《独乡电视》。他描绘的千禧独乡与世隔绝，物质匮乏文化封闭，展露出让我作为一个云南本地人都时常觉得难以想象的奇妙面目。

通往独龙江乡的第一条公路，修建于1998年。在此之前，连接县城与独乡的，只有一条人马驿道。2000年前后，98公里长的公路修通。但因需翻越高黎贡山，位于雪线之上的路段一年中有半年无法通车，独龙江乡每年仍有长达半年的"封山期"。2014年，由国家层面决策立项的新独龙江乡公路完成建设通车，这是当年云南省乃至全国公路交通建设领域的一件大事。

2015年10月，新的独龙江乡公路通车一年，我争取到采访任务，独自奔向群山深处。

　　从昆明乘早班飞机，上午 9 点左右到达保山。与怒江州委派来接机的汽车会和，赶往怒江州府所在地泸水县。中午近 12 点，到达泸水县六库镇，接上带我下乡的干部小徐，便启程往贡山县去。

　　上了车，我问驾驶员："今天大概什么时候能到独龙江乡？"驾驶员说："今天到不了，晚上能赶到贡山就不错了。"我大吃一惊："到贡山还很远吗？"驾驶员笑出了声："路程倒是不远，只有 240 多公里。上路你就知道了。"

　　云南多山，我这些年出差走过的山路也算多了，却从来没有走过像怒江州这样的山路。怒江的山，在大之余还格外险峻。一条江劈开两岸大山，山山相望、峰峰孤起，山壁直立，山谷深难见底，两山之间多以吊桥相连。

　　那时，怒江州境内还没有高等级公路。出城后，我们很快陷入高山深峡的包围中，密集的弯道、坡道限制了车速；穿越集镇时，汽车还要避让路边的临时集市、大小牲畜、往来人群，挪得更是艰难。

　　进入福贡县石月亮乡后，车子终于不动了。我下了车，前后走走看看，车队不见头尾。听人传说是前面路段落石堵路，正在清理。百无聊赖中，我发现堵在路上的车里，有许多不是本地牌照，青海、四川、西藏的车倒是不少。我说出了自己的疑问，小徐说："这个时节，是转山的藏民吧。"他伸手指给我看，隔江的高山上有一块凸出的奇石，中空成圆形，似满月："这就是石月亮，石月亮乡的名字就是从这里来的。"

在贡山县交通局办公室，我见到了79岁的交通局退休职工木玉玬。在退休前，他每年最重要的工作就是组织马帮运送物资进入独乡。"马帮是国营的，马场就在县里。喂马的草料都是政府出钱买的。"老人说，直到老公路通车，马帮才正式解散。

次日踏上独乡公路。从我的观感来说，这是一条很不"抻头"的路。弯道密集细碎，让人一口气提起来就放不下去，十分憋闷。走了大概十几公里，同车的两位干部都晕车了。女孩小聂在山道旁吐得翻江倒海，连连自责早饭吃得太多了。我问驾驶员："我看您手一刻也没停过，这条路上最长的直道能有多长呀？"驾驶员仔细想了想："大概一两百米吧。"

其实他说得不太准确。在距独乡大约还有一二十公里的位置，有一段长达6.8公里的超长隧道，这才是独龙江乡公路上最长的直道。这条隧道打穿了高黎贡山山腹，在历史上首次实现了县乡之间的全年通车。"作为一条乡镇公路，单位造价接近二级公路；其中隧道的造价就占了工程总造价的一半。靠地方政府，这是不可能做到的。"县交通局的一位干部说。

我见到的独龙江乡，与郭建斌老师笔下的独龙江乡，外观上已经有了很大的不同。在乡政府所在地孔当村，有平整而尚算宽阔的水泥道路。街面是整齐的新房，一层门面有超市、有饭馆、有手机店。路边停着白底绿字的农村客运，去一趟县城好像是 10 块钱。饭馆里除了我们还有一拨客人，是几名中年游客，穿着看上去很专业的冲锋衣，操着又脆又快的京片子。

乡干部带我们去看一户村民新建的房子。屋子外墙涂着黄漆，据说是传统独龙族民居的元素。二层没有人，平台上晾着衣服，屋里支着一张台球桌，墙边还倚着一台小农机，显示出一点与外界不算十分同步的"现代性"。

一位村民在楼下和干部们打招呼，大约是问最近乡里有没有发补助。听说我是来采访新公路的，这位看起来很冲闯的村民滔滔不绝讲了起来。方言土语中夹杂着蹩脚的普通话，我听得很吃力，只分辨出一句："现在到县城买东西，早上出门下午转来，回家还赶得及吃晚饭。"

州上派驻独龙江乡的扶贫工作队里，有位年轻干部是本地人。因为这一点特殊的因由，他被大家请来。"1997 年我小学毕业，爸爸送我到县里上初中。全靠脚，走了三天才到。行李是我爸爸帮背着，到了县城脱下鞋子一看，我的两只脚都磨烂了。"

在独乡遇到的每一个人，包括乡政府的司机、小饭馆的老板娘、公路上的管护工，都有不止一段与公路有关的故事。在后期写稿时，这反而成了一种障碍。好像刚刚动笔，字数已经超版面了。

听说我要去独乡采访，领导和同事都提醒我注意安全。但独乡公路再不好走，也是正儿八经的"路"。没有路的地方，我也走过几回。

一回是在景洪。有个采访点在市郊的一座山头上。那是刚刚开辟出来的一个良种柚实验种植基地，基础设施还没跟上，通往山头的只有一条运货的毛路。汽车磕磕绊绊往上走，连连打滑。离山头不远的地方，咣当一声碾过一块石头，车轮重重坐在土坑里。驾驶员试着发动了几次，车轮空转，溅起高高的泥点。一声令下，所有人下车，推的推垫的垫，折腾了足有半小时，才算把车重新开起来。一辆摩托从旁掠过，骑手和乘客看着我们笑得露出了牙齿。一起上山的傣族姑娘小玉气得不行，嫌弃汽车不如手扶拖拉机。

再有一回是在威信。那是一次集体采访，同行的还有省内另外几家媒体的记者。听完次日的采访安排，一位常驻昭通的记者招呼我们"要不去买双雨鞋？"没人响应。跑了一天大家都累，嘻嘻哈哈张罗夜宵去了。

次日汽车出城，一头扎进山里。越往高处走，空气越是潮湿。树叶上挂着水滴，随着风一阵一阵落下来。行至一个岔路口，车队停下来。向导招呼大家下车："前头车子进不去了，大家下来走走。离着也就一两公里。"一两公里当然不是问题，我欣然下车。然而脚一沾地，我就傻眼了。一道泥黄的辙印伸进山林，大约就是"路"。此地冬季气候阴湿，湿哒哒的黄泥拌着厚厚的落叶，一脚踩不到实地。当地干部大概走得惯了，爬坡上坎健步如飞；我却无论如何找不到平衡感，只能死死揪住身边一位村干部的衣服，以维持直立姿态。不太走运的昭通广播电台记者在村口摔了一跤，坐姿滑出大半米，滚了一身黄泥浆。

回忆起来，这两次经历滑稽多过艰难。谈得上"惊险"的，是有一次在鹤庆。

大约是 2014 年，我和同事蒋颖到鹤庆采访农村电子商务和农村集体经济。在与当地干部交流时，对方在采访计划之外，又提供了另外一条线索。县里有一位姓赵的村小教师刚刚获得"云南最美乡村教师"的称号。赵老师是上世纪 80 年代从师范院校毕业的公办教师，20 多年来独自工作在山区少数民族村的一师一校教学点。在几乎无人监督的环境中，他自制教具辅助教学，还动手开荒种了一小片菜园，给孩子们改善伙食。最为难得的是，曾经有机会调离教学点到集镇工作，但他拒绝了。

在雷奘相傣寺旁观看表演的人们

"确实很了不起。说句老实话，换我是做不到的。你们
应该去看看。"这位干部说。我和蒋颖对望了一下，决定走一趟。

我们要去的这个教学点，在鹤庆县北部，紧邻丽江市永
胜县。因水电建设，原中江、朵美两乡合并，以水电站的名
字命名为"龙开口镇"。出了县城没多久，汽车便拐上了山路。
路面没有经过硬化，土石间杂，异常颠簸。不知走了多久，
路面变得越来越狭窄。汽车几乎紧贴山壁行驶，我和蒋颖坐
在后座，驾驶员提醒我们系上安全带。我很快系好，她试了

几次，才发现带扣坏了。我望向窗外，发现已经看不到路沿了。脚下就是深深的山谷和滚滚的金沙江，我不由自主咽了口唾沫，手心也有些冒汗。我推了推蒋颖，"我替你拽着点安全带吧。"——当然只能算是个心理安慰。

采访非常顺利。回程中，天黑下来。山路上一片漆黑，只有车灯照出前方一小片光亮。偶有几点灯火在远处，也是一闪而逝。我摸出手机发了一条朋友圈。少时，有大学同学贱兮兮评论说："放宽心，生死有命。"虽然当我回顾起这段经历时，也难免嘲笑自己少见多怪；但超出既往经验的事物，总是让人慌张。

不知不觉，我走过了云南的许多地方。在路上获得的见闻与知识，总是在刷新我对世界、对社会、对工作、对生活、对自我的认知。

2017年3月在位于中缅边境的瑞丽市芒秀村采访时，恰逢傣族每年中最盛大的一场"赶摆"活动。村村寨寨的傣家女穿上盛装，来到傣寺雷奘相前游玩、赶集、看演出、拜佛寺。那天下午突至的大雨一点也没有影响大家的兴致，简陋的小舞台上舞乐飘飘，演员们踩着节拍走位、旋转、抬手、勾脚，跳得旁若无人。人们在雨中闲聊、嬉笑，偶尔喝彩或拍手。傣寺门外放满沾着水的鞋，内里灯火辉煌，人来人往。

年轻的母亲抱着孩子"赶摆"，她从缅甸来

一位年轻的缅甸母亲和我一同站在台侧避雨。她举着一把大大的红伞，将熟睡的婴儿拢在胸前，用手轻柔地托一托婴孩的头颈，神情里盛放着无限的爱怜。

那样闲适和安详的氛围，几乎让我忘记自己还有任务在身。我由衷羡慕他们生活的姿态，但也清晰地意识到这样的生活不属于我。在媒体的这份职业，给予我穿梭于不同世界之间的"任意门"，让我了解到，在自己目光的边界之外，还有着多么广阔的天地。

2019 年

云纺子弟

有很长一段时间，我对昆明这个城市的了解，不出位于环城南路的云南纺织厂厂区周围方圆两三公里的范围。云南纺织厂，厂里的工人和家属，以及周边的市民都习惯把它简称为"云纺"。后来厂子经历改制、改名，但在人们提及它的时候，还是说"云纺"。

三岁多的时候，因为爸妈离婚，我跟随妈妈搬到了位于西岳庙的云纺厂区宿舍，和另外一位青年工人合住。楼下的厨房两家共用，我和妈妈住在楼上不到20平米的房间。屋里没有自来水，街道的公用自来水龙头平时被一个铁皮箱锁住，定时开放。妈妈常常在晚饭过后搬出凳子和脸盆，坐在屋门口的水井边，借着月光洗衣服。

到了该上幼儿园的时候，我顺理成章地被送进了位于书林街口的云纺幼儿园。因为是工厂子弟幼儿园，老师和家长、家长和家长都是熟人，相互知根知底，环境单纯而封闭，人与人之间几乎没有什么隐私可言。那个年代，单亲的家庭似乎不多，妈妈花了很大的力气来保护我免遭欺负。

　　幼儿园的很多活动是和工厂互动的。比如春游，厂里给派车；比如庆祝儿童节，服装和道具是从厂里借来的，而节日汇演的场地就在工厂礼堂。有一年儿童节，我参加了一个集体舞节目表演。上台一看，台下有不少熟面孔，都是妈妈科室的同事。一位阿姨举着相机站在台下，追着我拍照片。实际上在很多时候，子弟幼儿园办活动，既是给子弟办的，也是给工人办的。

　　早年的云纺，有上万名职工，配备从幼儿园到高中的教育系统，有规模堪比一家小型医院的"医务室"以及图书馆、电视台、礼堂、食堂等等与日常生活有关的机构设施。那是一个庞大的体系，也是一个独立的小社会。

　　云纺是个老厂子。追溯云纺的历史，可以倒推回民国时期。龙云主政云南期间，缪云台在地方兴办了一系列工矿企业。云纺的前身之一裕滇纱厂便是由缪先生一手创建的。我的外婆新中国成立前就在裕滇纱厂工作，80年代才从云纺退休。所以严格来说，家里从妈妈一辈开始，已经是名副其实的云纺子弟了。妈妈小时候常常和小伙伴们在厂区露天堆放的一人多高的棉纱包之间嬉戏打闹，沾一身棉絮回家，让外婆很不高兴。到了我这一辈，已经见不到这种露天堆放的棉纱包了，我的游戏场，转到了厂房里。

　　妈妈是知青，下乡8年，于70年代末通过招工进入云纺工作。她所在的部门，是厂里技术科下属的检验室棉检组，负责对每批次原料棉条、棉纱的强度、含水量、杂质情况、纤维长度等指标数据进行收集整理统计。检验室的工作有一定的技术含量，没有车间里整日不停的嘈杂噪音和棉花粉尘污染，也不需要24小时白班、中班、夜班三班倒，是厂子里很多人都羡慕的地方。

　　偶尔，妈妈会带没人照管的我一起上班。走进厂房大楼，沿外楼梯上二楼，从楼梯间进入车间的每一个入口都挂着又厚又重的棉帘。掀开棉帘，机器的轰鸣声和棉絮特有的干燥香气扑面而来。女工们戴着圆筒形的白布帽子、白口罩，系着白围腰，在机器之间穿梭。我问妈妈，为什么上班要戴帽子呢？妈妈说，一方面是为了安全考虑，曾经有蓄长发的女工上班时不注意，一把头发被带进机器，险些没命。其次，也是为了产品质量，头发等杂质落到棉纱中，影响布匹质量。

　　在噪声中穿过巨大的车间，一座宽敞的玻璃房子坐落在厂房最靠里的位置。房间里灯火通明，摆放着烘箱、天平等设备，这就是检验室的工作间。玻璃墙和弹簧门阻隔了噪音，在这里工作的检验员在穿戴上与其他工人有些不同。她们也戴白帽，但基本不戴口罩，也不系围腰。房间的最里面，用木板隔出了一个小小的衣帽间，每个检验员都有一个属于自己的小柜子，用于摆放自己的个人物品和工作服。

剩下的空间，一侧是各种检测设备，另一侧是一溜七八张办公桌。因为检验工作后期涉及大量的数据计算，办公桌上往往还放置着算盘或者计算器。妈妈就在工作中练出了一手惊人的珠算技艺。

读初中时，我在学校里获得一个"学习委员"的"官衔"，每学期都需配合各科老师统计考试分数。全班每个科目的总分、平均分，每位同学的各科总分、平均分……我按计算器按得眼花手软，妈妈取出算盘，先啪啪甩两下复位，随即噼里啪啦一阵木珠乱响，加减乘除很快搞定，并且从无差错。

妈妈是检验室的生产组长。她的顶头上司，技术科的秦宝亨科长，是一位上海老人。听妈妈说，秦科长是新中国培养的第一批纺织专业大学生，正儿八经的行业专家。秦科长身量颀长，头发花白，说话带有软而斯文的江南腔调。他不仅技术过硬，为人也很严谨，在工人们中间威望极高。带着几分敬意，大家都叫他"老秦工"。

早年，厂子里有非常严格的劳动纪律，除了不允许迟到早退、离岗脱岗，也不允许非工作人员进入工作场地。但工人家庭，总会遇到孩子没人照看的时候，因此厂子里总少不了工人子弟的身影。

有一次，我在玻璃房子里玩了一天，下午快下班时，遇到老秦工来查岗。一位阿姨忙忙地跑进来，招呼我："快点快点，老秦工下来了，快躲起来。千万别让他看见啊，不然要扣妈妈工资了。"我紧张得心扑通扑通直跳，立刻钻到一张中通的办公桌底下，大气也不敢出。不一会儿，老秦工走了进来，转了一圈，又站住简单交代了几句话，便往外走去。我从桌下望出去，看着他从近及远，快到门口了，突然一回身，眼睛正正对上了我的目光。糟了，我想，这回被抓到了。没想到他严肃的脸上微微松动了一下，什么也没有说，背着手走了出去。多年以后，回想起这位严谨的老人在那一瞬间不经意显露出的无言温情，我仍能感受到心口的暖意。

90年代初，我到了上学的年龄。作为云纺子弟的我，应该到子弟学校报名了。不过妈妈好像并不这样想。她开始表现出一种焦虑，四处托人打听普通社区小学的招生信息。"上子校，以后升学怎么办？"妈妈对朋友说。

因为云纺子校的存在，周边的社区小学都不招收云纺的工人子弟。但不只是妈妈，家里有同龄小孩的工人们，也在想尽办法让孩子入读社区小学。那个时候，工厂的黄金时代已经过去了。企业效益不好，一些非生产性的附设机构，从过去的福利变成了现在的累赘。拿云纺子校来说，它的高中部已经撤销了，剩余的小学部和初中部师资不佳，教学质量也非常不理想。再加上小升初是校内直升，工人们都不愿意把孩子耽误在这里。

在妈妈的努力下，我作为"议价生"进入了一所普通社区小学，第一次接触到工厂圈子以外的老师、同学和学生家长。

有意思的是，在开学之后不久，我又陆续在校园里遇到了几个幼儿园时期的小伙伴。我们故作深沉谨慎地相互招呼，好像分享了一个叫"原来你也在这里"的小秘密。

小学三年级的时候，厂里要盖新房了。没有参与过福利分房的人都有资格申请新房，我们家也在分房名单上。这意味着我们即将告别与人合住的日子，妈妈的喜悦表现得很明显。

新房的选址，在工厂背后，紧邻螺蛳湾批发市场。那里原来是一大片农田，叫作"八亩地"。在新房动工的同时，地基附近也盖起了几溜平房，给等待分房的职工们做过渡之用。因为是临时建筑，房子盖得简陋，没有卫生间，要方便只能上公厕去。住户们就地取材，在公厕周围开辟出大大小小的菜地，种上辣椒、白菜、豌豆，甚至还有人种了葵花。葵花成熟时节，很多住户都能获赠大饼大饼的葵花籽。

这一批和妈妈一起等待分房的工人们，大都是 30 来岁的年轻人，不少家庭中都有和我年纪相仿的小朋友。孩子们常常结伴在农田里疯跑，或者互相串门，玩得忘记时间。炊烟升起，各家父母便在几排平房的通道口大声招呼："玩够了吗，快点回来吃饭啦！"

有时妈妈来不及做饭，就从职工食堂打现成的饭菜回来。食堂的米饭散而硬，不大好吃，但菜做得还算可口，价格也实惠。记得很长一段时间里，云纺职工食堂的饭菜票是可以代替货币在周边流通的。在厂子附近的小卖部买个冰棍，在烧烤摊吃烧豆腐或者烤鱼，都能用饭菜票支付。

小平房条件简陋，人情味却很足。邻里之间相互帮忙接送孩子，照看着吃个饭过个夜，那是很平常的事情。谁家有什么好事，也都会让大家一起沾沾光。

有一次，妈妈的同事小李阿姨在单位参加义务献血，作为鼓励，厂里不仅发了奖金，还发了好些红糖和鸡蛋作为慰问。周末，小李阿姨在家煮红糖鸡蛋，招呼邻居们去吃。我正在附近玩耍，也被她牵进了屋，不一会儿就有两个红糖鸡蛋煮好端给我。我胃口小，小声说一个就够了，小李阿姨却说："吃得掉吃得掉，才两小个鸡蛋。"转身招呼其他人去了。

吃完一个，我觉得自己已经很饱了，剩下的一个怎么办呢？四处看看，好像没有人注意，于是我悄悄把剩下一个鸡蛋的碗往桌边一放，扭头就跑回了家。好笑的是，在之后很长一段时间里，我都很忐忑，担心小李阿姨找妈妈告我的状，也很牵挂剩下的鸡蛋最后到哪里去了。

　　我们在这片小平房里"过渡"了三年，在我小学毕业前夕，终于搬进了楼房。那时候已经是 90 年代后期。而这也是云纺最后一次为职工集中建房了。

　　不知道从什么时候起，国有工矿企业改制的风声吹进了云纺，工厂不再是铁饭碗。破产、下岗，这些意味不祥的词语，开始出现在工人们的日常谈话中。

　　厂里的电视台节目单调，最重要的（似乎也是唯一的）一档原创节目，是傍晚的"云纺新闻"。有一段时间，每天的新闻里都有"某地某厂某时砸锭若干"的消息。看着画面上满地狼藉的砸锭现场，我觉得很不解。纱锭和棉锭，是纺织企业工人子弟最熟悉不过的东西。在大人的教训中，我们都知道这是工厂的财产，是要用来搞生产的，为什么要破坏掉呢？我那时不知道，作为云纺子弟，我正在经历着全国纺织行业的转型。而云纺，作为一家老牌纺织企业，卷入时代的浪潮，已经是不可避免的了。

　　转型的第一波，是股份制改革。厂里要搞股份制，动员职工们出资认购股份。那时候股票在国内出现还没有几年，在观念保守的工人中间，有相当一部分人将股票与"投机"联系在一起，认购不大积极。

厂里开了几次职工大会，做了大量宣传。回想妈妈的只言片语，当时说服她掏出6000多元的"巨款"去买厂子股票的，大概有这么几个原因。"厂里宣传说，大家都是工厂的主人翁，买了股票，以后就是股东了，有福同享，有难同当。还说，这是内部股份，不会在市场上交易，所以没有风险。"一位厂领导的妻子与妈妈相熟，知道她不想买，就说："莫憨啦，当然要买。不怕得，这是好事。每年拿拿分红，很快也就回本了。"

妈妈认购了股份，却显然并没有把这次改制当成一件很要紧的事。拿妈妈的话来说，"股份制就是花钱买了一个'小本本'（股权证）。"

对于工人们来说，他们似乎不习惯也不愿意从宏观上去理解工厂在生产、经营决策层面的事情。大家将厂里发生的所有变迁都简化为自己的生活变动，以此来判断这样的变迁是"好"还是"不好"。

股份制改革之后，纺织厂更名为宏华集团，开始发展"多元生产"，兼并了昆明蓄电池厂等一批企业。纺织生产规模越来越小，工人的去留问题被摆到了台前。

首先是"铁饭碗"真的没有了，工厂与全体职工统一签订劳动合同。很多老职工对此都有看法，私下议论，所谓"合同制"就是为了找到"赶人"的借口。"白苦了那么多年，到时候说是合同到期，不跟你续签咋个办？"抱怨归抱怨，周围也没有听说谁拒签了合同。

为了分流职工，厂里还出了非常宽松的"内退"政策。一些女工参加工作早，人也就40出头，却已经有20几年的工龄。按照厂里的规定，她们可以办理"内退"，由工厂按月发放比正式退休工资要低的"内退"金，直到达到法定的退休年龄。

还有一种是"买断工龄"，由工厂支付一笔钱，"买断"职工与工厂的劳动关系、福利关系，任由职工自谋生计。比起"内退"，"买断"是更为彻底的了断。作为一名工人曾经所固执珍惜的一切：身份、工龄、劳动关系，都终结在这几万元的补偿款里。对于一直生活、工作在工厂里的人来说，其实很多都不能想象在外面的世界等待他们的是什么。

很多人就此离开了工厂。妈妈也办理了"内退"。

与工厂生产的逐渐消沉形成鲜明对比的，是一墙之隔的螺蛳湾市场的极度繁荣。这个形成于80年代的小商品批发市场，经过近10年的发展，已经形成汇集服装、鞋帽、纺织品、礼品玩具等等品类的综合性市场，成为云南省最大的小商品批发交易区。

螺蛳湾发达的商贸氛围，当然也引起了云纺管理层的注意。他们决定将纺织厂房整体搬迁至市郊。因为路远，厂里还开了一段时间的交通车，专门接送工人上下班。

原厂区经过改造，开辟出建材、袜子、服装、礼品、文化用品、家用电器、小商品等几个交易区。那恐怕是云纺最热闹的几年。厂区里熙熙攘攘，每一个角落里都穿梭着各种满载货物的运输工具和提着巨大购物袋的小商贩。而且，这个以批发为主的市场并不拒绝零售。相对低廉的价格和丰富的品种，吸引了很多市民到这里日常采购。读初中的时候，我有了零花钱就喜欢去市场乱转，买好看的文具或闪亮的小首饰。

似乎也就在那几年间，云纺幼儿园、子弟学校、电视台、医务室陆续消失了。轰鸣的机器、戴着白帽子的纺织工人也消失了。在厂区里，已经完全没有了曾经的纺织企业的影子。

而我作为一个云纺子弟的故事，也接近尾声了。

2009 年，我大学毕业回昆明后一年。有消息说螺蛳湾要搬迁了，按照政府规划，商户将全部迁往市郊新建的大型综合性批发市场。新市场保留了老市场的品牌名称，叫作"新螺蛳湾"。老螺蛳湾市场被要求关闭，云纺市场除建材交易区外，也要关闭。

那是云纺的又一个转折点。十多年的热闹一朝退去，厂区变得空前萧条。后来的几年间，云纺又陆续开展了几个新的商贸项目，比如东南亚商品城、珠宝交易中心、国际商厦等等。然而受电子商务潮流冲击，这些新开的实体项目都没有能够重现过去的兴盛繁忙。

2012 年，厂里贴出通知，说是企业引进了一家投资者，要回收职工手中的企业股份。对方给出的收购价远远高出预期，平均每人都可以拿到数万元现金。熟识的老工人们奔走相告。

当年股改，很多工人都是抱着"不得不"的心态勉强参与，十几年间，似乎也没有体会到多少"股东"的荣誉或者"好处"。消息一出，大家都对这突如其来的"好事"充满感激。"云纺的老工人真是可怜，好几个人说这辈子从来没有看见过这么多钱。"办完退股从银行回来，妈妈笑着感慨："以后就真的跟这个破厂一点关系都没有了。"

（原载 2015 年"腾讯·大家"）

江湖夜雨十年灯

2008年，有一个不太平静的春夏。

3月中，学校进入了半封闭状态。俗称"小北门"的侧门关闭，东西南北四门限时出入。超过限定时间的进出，需要出示学生证和院系证明。4月，因为奥运火炬在法国传递受到骚扰，很多城市发起了"抵制家乐福"的行动，成都也受波及。怕学生参与其中，惹出事端，学校如临大敌。

那时，我的毕业论文已经进入最后的修订阶段。毕业在即，所有学分及课程都已修完，正是整个大学阶段最闲散的时候。5月11日是周日，我去川师大为高中时期的好朋友过生日，很晚才回到学校。12日一早，我到望江医院去看咳嗽。那段时间不知道怎么的，咽喉发炎，咳得停不下来，只觉得呼吸之间连肺都是疼的。

学校医院的医生态度一直都不错，仔细问了症状，开了几种药，还特别嘱咐其中一种止咳药水有神经抑制作用，务必遵照医嘱服用。

中午遇到同院对外汉语专业的欧阳，相约下午一起去听新闻系张小元老师的课。张老师开的课名字叫"文艺美学"，实际讲的是新闻操作和新闻伦理。在文学与新闻学院不可捉摸的课程安排当中，难得的既有思维纵深，也有现实观照。这门课是我们专业大三的必修课程，学分早已拿到。我也说不清为什么想要再听一次，或许是临近毕业，又莫名的眷恋课堂。

这个学期张老师的课排在周一下午三四节，4点10分开始。吃完午饭回宿舍，离上课时间还早。我调了闹钟睡午觉。

下午2点25分左右，我突兀的醒来。拿起手机看了一下，没到闹铃时间，便又睡了过去。还没有完全睡着，地震就发生了。

我被晃动惊醒，花了几秒钟的时间消化正在发生的事情。双层的铁架床正在发出咯咯的声音，我和室友们摆放在床铺对面水泥置物架上的各种杂物也在剧烈晃动。外面的楼道里已经开始发出尖叫和跑动的声音。

是地震。我拉开门冲出去，裹在下楼的人流中往下走。我从来没有觉得五楼的楼梯有这么长。身边是哭泣和尖叫，还有无数双脚在楼道奔跑踩出的咚咚声。宿舍楼还在不停摇晃，脚下的台阶是飘忽的，好像踩不到实地。除了人的声音，似乎建筑也在发出声音，沉闷、恐怖。

第一次的晃动持续了很长时间。宿舍楼下已经挤满了人。

我看到了同院系的熟人，忍不住哭出声来。她走上来，拥抱我。

我们寝室住了三个人。阿菲在成都日报社实习，小泓出去逛街还没有回来。我下意识拨通她们的电话，都是忙音。通信已经在地震的瞬间中断了。

没有人知道发生了什么。我们在草坪席地而坐，相互安慰。与此有关的小道消息四下飞舞。

"——成都附近的三线军工企业出事故了；"

"——但全国很多地方都有震感；"

"——震中在眉山……"

"什么！什么在眉山？哪个说的在眉山？？"朋友寝室的一个女生跳了起来，她家是眉山的。

不知道过了多久，学校广播第一次播音。给出的信息有限，核心只有两条，1、成都附近发生地震；2、为保障师生安全，学校将暂时停课。

宿管阿姨提着扩音器不停叫喊，宿舍楼即将封闭，所有人必须立刻撤离。我想起来，出门时我只把手机抓在手里；钥匙、眼镜、钱包、外套，什么也没有拿。正在团团转的当口，正从楼里出来的俊儿叫住了我："你们宿舍门没关，我带上了。你东西都拿出来了吗？"

我："……我不敢再上去了，腿软。"

　　俊儿把手里的东西递给室友，转身拉起我："走，我跟你去。"

　　在宿管处领出备用钥匙，俊儿紧紧拉着我，一步三级台阶往楼上走。余震不断，即使是细微的颤动，也在摇撼着我的神经。

　　宿舍里一片狼藉。水杯、台灯、书、文具、毛巾……原先不知道放在什么地方的东西，都滚落在地上。来不及收拾，我拿起书包，把重要的东西一股脑塞进去，然后捡了一把雨伞，又抽了两床竹席、一件外套，锁门下楼。

　　5月中，成都天气已经很热，白天气温能达到30° C。但12日下午，天气突然转阴，气温骤降。裹紧毛衣外套，我仍然觉得冷。路上偶尔有校医院的救护车和担架经过。后来才知道，因为建筑外立面装饰脱落和避震不当等原因，校内也有人受伤。

　　4点多，各院系开始有序安排避震。学校把体育场和几个篮球场、足球场都腾出来作为应急避震场所。5点许，食堂照常开饭。我毫无胃口，朝鲜族班长小惠强迫我去打饭。"吃不下也要吃一点。你看你本来就这么瘦，万一后面还有事儿，哪有体力去应付呀？"

　　我们学院的避震点在文华活动中心前方的足球场。安顿好以后，我拿出 MP3 听新闻广播。每一个频率都在讲地震。地方频道在无间断播报寻人信息；中央人民广播电台在播报时任国家总理温家宝赶赴震区的消息。新闻里说，从都江堰通往震中的道路已经断了，救援人员弃车徒步向震区挺近。又说，晚 7 点左右，已经统计出的伤亡人数达到 7000 多人。这个数字，让我意识到这场灾难的规模可能超出预想。

我环顾四周。球场上已经挤满了避震的人群。人们大多很安静，偶有低泣。在我们的不远处，一对情侣带着一条大狗，用手提电脑看电影。也有人组局打扑克、玩杀人游戏，最特别的是两个男生，盘腿坐着下围棋。

最初几个小时的通讯异常，让身在震区附近的人们短暂地陷入了信息真空。家人是否平安，是否知道自己平安的消息？没有确切的信息，只有漫无边际的等待。俊儿家在都江堰，她一直试图和家人联系，但直到晚上 8 点多，仍然没有能打通一个电话。毕竟地处川内，学校在校学生中有一多半都是川籍。有句英谚说 "No news is good news"，至少在当时，在那样的情形下，是成立的。

夜深了，球场渐渐安静下来。入睡前，我盯着文华活动中心呈锐角的屋顶，觉得它像是一柄随时会劈下来的菜刀。夜雨和强余震相继来袭，注定是一个无法安眠的夜晚。

小泓家在广汉，震后，家人来接她。离校前，她给我们送来一箱牛奶。那时我正在避震点翻一本时尚杂志，说广告页里的口红真好看。小泓说，好看就买吧，谁知道以后怎么样。

俊儿在毕业典礼之后，写了一篇文章。文中提到她很小的时候曾经在映秀生活过一段时间；讲到地震那天，父亲怎样穿过熟悉而又面目全非的街道回家。讲她无法想象父亲在那一刻的心情，讲那时候的"拔剑四顾心茫然"。

张小元老师也写了一篇文章，讲余震中的第一堂课。在紧张恐惧中煎熬多日的学生们纷纷伏在课桌上睡去，"我在教室里面慢慢走着，继续讲授着那些玄远的抽象理论，把声音放低些，再低些……"

我们班的学习委员胡风顺在第一时间参加志愿者团队，去了震中。回来之后，他好像不太愿意对人提起过去这些天自己的见闻。在系主任组织的班级聚餐上，我见到他。"那边情况怎么样？能说说吗？"我问他。他摇摇头，只抬起一只手，掌心有一个硕大的水泡："挖坑的时候打出来的。"

在我印象中，那个时候是纸质媒体最后的黄金时代。他们垄断了信息世界里的议程设置与内容传播。《南方周末》把最好的特稿记者都派到了震区。连续几期，以极其细腻沉重的笔法，写关于那些地方的一切。我边看边哭，边哭边看。

每一个字，每一个标点，都如噩梦。有电视台直播一个救援现场，连续数小时的直播，迎来的却是救援失败的结局。我记得这次直播后来引起了一场关于新闻伦理的争论。真实如此残酷，是不是每个人都能直面这样淋漓的鲜血？

那年毕业季好像格外煽情。吃完散伙饭，全班二十多个人一起跑到体育馆看台，坐在最高一级台阶上，俯瞰夜色中朦胧的塑胶跑道。最后，跑道上散步与夜跑的人也离开了，话题已经聊完。不知道是谁提议，谁起头，就在空荡荡的看台上唱起歌来。从少先队队歌，唱到蓝莲花，惊动了一位躺在看台下方纳凉的博士师兄。他慢慢走过来，和我们说话。居然不是责怪我们深夜扰民，打搅了他的梦，反而似乎很羡慕我们的青春。

有人说，十年后再聚吧。大家同声响应，那时觉得许下的是一个了不起的宏愿。毕竟十年哪，好生漫长。那天晚上，我站在宿舍阳台，看到不远处的天空中升起数盏孔明灯。暖黄的光，摇摇荡荡飞向天际。

离开成都前，我同一位朋友，和她们班的几位同学，一起去了一次文殊院。路过爱道堂时，下起雨来。我们在大殿背后的廊檐下避雨，右侧的小楼上突然传来"叮叮"的云板声。随后，便是合唱《送别》的声音——大约是堂中比丘尼在做早课。抬头看，从檐沟滑落的雨水如线垂下，青绿的叶尖上挂着水滴。刹那间，恐惧与忧愁尽数涌起又尽数消去。天地间有无边无常，也有一隅的安稳宁静。

2013 年，我从成都坐动车去都江堰参加俊儿的婚礼。过去三个多小时的车程，缩短到半个小时。除了路过的零星几所抗震小学，这座城市已经几乎没有地震留下的痕迹。她干净、清爽，有着恰好的繁荣。

2017 年，我到杭州出差，与在杭州的同学们一聚，完全没有注意到那天恰是 5 月 12 号。散场后，看到朋友圈里的纪念与回忆，苏扬说，哎呀，白天还想着是 512，晚上见面太开心就给忘了。

我曾经也非常急迫地想要忘记。离校前和欧阳在小北门外吃乐山豆腐脑，和她讲起我一直无法克制的悲伤、恐惧、茫然，欧阳说佛偈："由爱故生忧，由爱故生怖。若离于爱者，无忧亦无怖。"我苦笑，问题就是离不得呢。

回昆明后的最初几年，我曾受严重困扰。坐卧间常产生晃动的错觉，失眠时甚至不敢躺在床上，因为脱缰的思绪总会将我带进恐怖的深渊。这几年，类似的情形终于离我远去。我想，是时间在治愈我了。

记得震后第二天，我好不容易拨通家人的电话。爸爸对我说，镇定一点，人生中有这样的经历不一定是坏事。

　　十年过去，我并没有变得更勇敢，也没有变得更洒脱，生活中烦恼不断。不过那又怎么样呢？有机会经历的，何尝不是幸运。

2018 年

在回忆中

进入冬季以后，即使准时下班，归途中的天光也越来越稀少了。晚高峰往往要持续一个小时或者更久，密集的车辆在城市中缓慢流动。

暮色从四面合拢。公交车站台上总有许多等车的人，等来的车总是很挤——但挪一挪也能上去。车厢里通常是安静的，刚下班的成年人和刚放学的孩子们，多少都有一些放弃挣扎的疲惫。

偶尔也有破例的时候。穿校服的小姑娘用刻意带上口音的普通话向同伴吐槽讨厌的老师和同学，表情夸张、语速飞快。上班族一边接听电话，一边翻找文件，不知道是同客户还是上司讨论着活动现场的布置细节。一位老太太大声向老姊妹倾诉自己跌宕起伏的生活：老伴儿酒后开车出了车祸，保险公司拒绝理赔。小姑一家对自己办的厂子虎视眈眈。"这些人啊，真是没得良心。"她说。"哎……是了嘛，是了嘛。"她的老姊妹说，"不过么——万幸的是你老伴儿只受了点儿轻伤。所以说年纪大了也就莫那么要强啦，有人肯帮忙也是好的嘛。"

车厢内外温差有点大，乘客们呼出的热气在窗玻璃上凝成一层白霜。在进站上下客的间隙，驾驶员拿起一块抹布，将前挡擦亮。

耳机里响起《思ひで》长长的前奏。这首歌，中文译作《在回忆中》或者是《追忆》，倒是很适合在暮色降临的冬日里听的一首歌。

2006 年，漫画家安倍夜郎开始在小学馆连载长篇作品《深夜食堂》，讲在一间凌晨营业的食堂里发生的故事。也

铃木常吉 2018 年中国公演海报

是在这一年，出道近二十年的音乐人铃木常吉发行了自己的第一张专辑《ぜいご》。

2009 年，《深夜食堂》被日本MBS 电视台改编为电视剧。安倍夜郎在一间常去的酒吧里与人闲聊，提及电视改编的事，酒吧认识的朋友向他推荐了铃木的这张专辑。收录在专辑中的《思ひで》，就成了电视剧的片头曲。

在《深夜食堂》里，有一个叫

《猫饭》的故事，情节跟安倍与铃木的这段故事有点儿类似。一个即将打烊的清晨，神情腼腆的女孩子推门而入，犹豫又犹豫，试探着问老板，有没有鲣鱼节。老板愣了一下（大概是没有人问过这个），说，有是有……女孩儿说，我想放在热腾腾的米饭上，淋上酱油吃。老板懂了，你是想吃猫饭吧？

女孩子叫美幸，是个没有名气的演歌歌手。她喜欢唱歌，但没有听众，有时候一个人唱到天亮。老板让她把专辑和海报带到店里来，推荐给店里的客人听。客人里有一位有名的词作家，听了美幸的歌声，替她写了一首歌。美幸凭着这首歌红了起来，但很快病倒了。在去世前，她最后一次到店里，点了一份猫饭。

可能是看剧里吃得太香，我心血来潮也去找齐了原料，回家自己做着吃。老实说，谈不上好吃。只做过一两次，就忘记了。大半袋鲣鱼节在冰箱里几乎长出蘑菇。

其实铃木的音乐有着很强烈的个人风格，曲调节奏平铺直叙，几乎没有起伏；歌词中每一个音节都咬得很慢、很清晰。演唱也不大追求技巧，情绪平静，如同日常的谈话。虽然不是专门为电视剧创作的，但《思ひで》莫名的与《深夜食堂》的气质非常非常契合（有人说"就像量身打造的一样"）。这大约是因为两人对生活和事物的感受有某些相通之处吧。

据说《思ひで》是铃木常吉为亡友写的歌,又据说安倍夜郎在出售《深夜食堂》影视改编权时特别要求老板左眼的刀疤务必保留;这两位本身也是有故事的人呢。

城市里来来往往的总是许许多多陌生人。身在陌生人世界里的每一个人,其实都孤独。"深夜食堂"是交换故事的地方,分享了故事的陌生人,也就不陌生了。所以《深夜食堂》说到底,是一个与孤独和解的故事吧。

2019 年

我奶

一

　　我奶住院的那段时间，有次妈妈晚上回家，很生气地跟我说起，奶现在的脾气简直怪得不可理喻。妈妈中午去送饭，陪床的护工悄悄告诉她，就在早晨，我奶居然骂了来给她打针的护士。

　　妈妈很不解："你说说老不老火，怎么糊涂到这一步。你说，她平时从来也不说一句脏话啊。"当然是老火的，奶已经衰弱到不再能对是非和利害做出正确的判断，可是我觉得，她也许不再觉得这些是多么重要的事情了。

　　我奶是离 2010 年的新

年只有两天的时候住进医院的。我下了班之后去看她，一时找不到位于闹市的医院，来回兜了几个圈子。冬日，天黑得早，医院大厅里空荡荡的，白惨惨的日光灯照在墙上。我走到电梯前，按了一下，却突然想起各种以医院为背景的鬼故事，忙忙地缩回手，逃也似地奔向楼梯。

奶奶在三楼内科第一间，病房里只有她一个人。我走到床前，她闭着眼，似乎已经睡着了。白头发又稀又薄，贴在头皮上，显得头很小；颧骨上的脸皮绷得紧紧的，看起来又薄又亮，却在脸颊上耷拉下来，堆出一层层的褶皱。看护她的护工从外面进来，我说，我来看看我奶，她睡了吗？护工是个面孔干瘦的农妇，连声道："没有没有，才刚刚躺下。她这下还不睡呢。"边说边呵呵笑了几声。

我低下头，叫了一声"奶！"奶奶眼皮动了动，却没有出声。我又叫了一声"奶，"我说，"你好点了吗？我来看看你。"奶奶喉咙里"嗯"了一声，半晌，才慢条斯理地开口："好点了么。"态度冷淡。我有点尴尬，一时摸不清奶奶是没认出我来，还是怪我很久没有去看她？我硬着头皮，又叫了一声"奶，我是小文。"奶奶仍旧闭着眼，说："哪个小文，我认不得你。"我心里一阵难过。我奶怎么会认不得我呢？

二

　　我奶是我妈的妈，其实就是我外婆。但我们家儿兄弟姊妹从小都叫她"奶"。小时候，别的小孩子都叫阿婆，外婆，我觉得好奇，跑回去问我妈，我怎么没有阿婆？我妈说，奶奶就是阿婆。假期我妈把我寄到奶奶家，我就和我奶说，奶，我以后还是叫你外婆好啦。说完之后自得得很，以为自己做成了一件大事。奶奶拄着拐从走廊上走过，淡淡的应了一声，不甚热络的样子。

　　回家跟我妈一说，我妈说，你太不懂事了，叫外婆，奶奶会不高兴的。我不服，本来就是的嘛。妈说，叫外婆，显得不亲热。于是，叫了一天的外婆，又改口回去了。

　　我奶有三个子女，在那个年代算是丁口少的人家。多年以前，我隐约听得大人们议论，大约是生了四个，但有一个夭折了。到了我这一辈，表兄弟姊妹只有四个，大姨家的哥哥姐姐比我和大焱弟弟大了十几岁，没怎么在一起待过。但小的时候，每到假期，我和大焱弟弟都是寄在奶奶家的。我出生前后，奶奶出门逛街，被自行车撞倒，断了腿。她怕动手术，选择保守治疗，结果后半辈子一直跛着一条腿，与一副拐杖形影不离。就这样，奶奶后来几乎不出门，连单元的楼梯都没有下过。

　　到了假期，我们被送到奶奶家，奶奶看顾着我们，家长们也能放心工作。我们俩淘，又在屋里闷不住，又馋；要不就在家里鸡飞狗跳地玩花样，要不就赖着奶奶要钱买东西吃。吃的方面奶奶总能满足我们，除了被认为有害的零食，一两块钱的点心、凉面、烤肉串、水果，奶奶总是会掏出钱来，我们的要求总不落空。为了这个，我们被妈妈和舅舅教训过无数次，说不许乱花奶奶的钱。奶奶腿脚不灵活，行动慢，有一次，我们趁她在走廊里活动手脚做例行的早锻炼，便爬出窗户，坐在窗台上甩着两条腿看一楼人家种的缅桂花和葡萄。奶奶从外面进来，吓得魂飞魄散，又不敢惊动了我们，悄悄挪到窗边，一手抓一个，抓牢了，才发脾气。遇到这种我们闹得太凶的时候，奶奶往往拿我们没有办法，就以"不要你们来了"，或是等大人来接的时候告状来威胁我们。这招很管用，但很少实施，并总以我们的撒娇了结。小孩子也有鬼心眼，摸到了规律，我们更加胆大包天，常常吵闹一天，却在家长下班前半个小时装得极尽乖巧可怜，骗得奶奶饶过我们一次又一次。

　　算起来，大焱弟弟是奶奶唯一的孙儿，而我只是外孙女，但奶奶对我们一视同仁，有时甚至对我还更好些。以前奶奶还清醒的时候，会对别人说："我这个孙囡最有孝心了。"

　　那大约是95年或者96年的事吧。妈妈单位建新房，过

渡阶段，我们搬来和奶奶挤着住。奶奶的房子也不大，只有
两间屋，我们住了里间，奶奶住了外间。有一个周末，楼下
的人家屋里窜出一阵阵的浓烟，楼里不知谁直着脖子喊了一
嗓子"妈呀，着火了——"，顷刻间，屋子里已经灌满了烟。
外面乱作一团，楼里的住户呼啦啦往外跑，妈妈迅速地把几
样要紧的证件细软翻出来，一叠声催着我和奶奶下楼。我吓
得呆掉了，整个人都抖将起来。谁知道奶奶说什么都不出门。
坐在床沿上，大声说，我脚跛着，走不掉，莫要拖累你们了，
你们快点走吧，赶紧走，莫要管我了。妈妈性子急，声音越
来越高；奶奶却也是倔脾气，说什么都是一句话，不走。

　　我看着僵持中的两母女，脑海中翻腾着楼房被烧垮的可
怖情景，几次三番简直想夺门而出。然而似乎只是一瞬间闪
过的念头，我扑倒在奶奶面前，抱着她的腿哭着让奶奶跟我
们下楼。大约是我说了"你不下去我也不下去"之类的话，
奶奶终于站起身，一跛一跛地往外走。到了楼梯口，妈妈把
奶奶背下去，我紧跟在后面冲下楼。

　　庆幸的是，那场火后来并没有造成更严重的后果，厂里
的消防车队近在咫尺，架起高压水枪，不到几分钟，已经把
明火扑灭了。然而奶奶自此之后对我格外亲，认为我有良心；
只是很惭愧，后来的我，似乎越来越没有了小时候的那份侠
义心肠。

三

奶奶虽然跛脚目盲，但无论是坐是站，腰杆挺拔，从来不塌架子。据妈妈说，奶奶年轻时有 1 米 7 的个子。妈妈和大姨的同事们见到奶奶，私底下悄悄和她们说："你们姊妹两个加起来，也没有你们妈妈的风度。"

奶奶出身商贾人家。我曾祖家兄弟二人，老家在楚雄的元永井，是做盐巴生意的。奶奶描述小时候看家里的伙计做事：盐用铁锅煮出来，送到昆明来时，都是磨盘大的坨坨，还保留着锅的形状；柜上的伙计们用凿子把盐坨坨凿成稍小的块，然后再分包。

奶奶的亲娘，我的曾祖母，以前是曾祖父家的丫头，为人尤其能干得力，后来便续了弦。曾祖母生的孩子，长成的只有我奶奶三姐妹，没有男孩，也埋下了后来家变的隐患。

曾祖父是很开明的人，也很疼爱孩子们。奶奶六七岁的时候，被曾祖母逼着裹脚，痛得死去活来，晚上睡不着，偷偷起来把裹脚布解了，第二天清早又胡乱缠上。这小动作不久后就被曾祖母发现了，却是曾祖父从中调和，认为孩子不想裹，不应该强迫她。当然奶奶受罪的时间也不长，后来政府开始禁止缠足了，奶奶得以保全一双天足。

　　奶奶聪明伶俐，很讨她的祖母喜欢。祖母是旧时代的老太太，平日里听戏打牌，喜欢带着奶奶去，原因是奶奶记性好，听完戏，人家台上讲什么故事，她能当场给你复述一遍，八九不离十。打牌，她站在众人后头，看了别人的牌，时不时和祖母串通捣鬼，逗得老人家十分开心。奶奶还记得小的时候，她的祖母曾经叫土匪绑架过。儿子们接老太太从老家上昆明，中途被山匪拦住轿子，"请"回山寨。土匪头子亲自迎出来，连声说："赵大奶奶呀，难得请到你家。"我这没见过世面的小毛孩，听到"土匪"两个字就觉得有全武行的戏码可看，揪着奶奶的袖子手舞足蹈："啊啊啊，那后来呢，后来怎么逃出来的？"奶奶平静地说："什么逃回来，是赎回来的。人家派人送了信到号上，说是请老太太住几天，请付食宿钱若干；我爹和大伯给了钱，来人带回去，人家就把祖母放回来了，还派了几个人护送。那些土匪还是讲信用的。"

　　到了上学的年纪，曾祖父拍板，让奶奶去读最好的小学。大伯家的几房妻妾看不惯，总有些闲言闲语传出来，大意是，女孩子家，念书做什么，识数就行了（为什么要识数呢，我想大约是生意人家的家风吧）。念书还要念好学校，白费钱。曾祖父听了这些，只笑笑，说，管她呢，只要她念得走，她念到哪我供到哪。奶奶小学毕业，考进了当时昆明最好的女校，昆华女中。旧时代的女子中学，学生们都是来自殷实或开明人家的女儿，师长们也都是很出色的人物。奶奶到老都对她的老师们念念不忘，我记得她讲过，某科目的教师（具体是什么科目，叫我给忘了，似乎不外英文、音乐或语文吧），就是我们云南状元公袁嘉穀先生的女儿。

奶奶总提起小时候上学的事。小学的事，记忆有些模糊了，只记得学校好，做的童军制服是纯毛呢的。此外，春有春装，冬有冬装，还有挺讲究的一顶帽子。念中学时，抗日战争爆发了，她们学唱各种救亡歌，到街上去搞义卖，其实无非是些花啊草的，一群女学生，三三两两提了花篮在街上唱："先生买一枝花吧——先生买一枝花——买了花，救了国家——"。再往后，城里就不安全了，日本飞机时不时来轰炸，市民们常常跑警报。有一次跑警报，奶奶随着人群，刚跑到小西门，炸弹轰轰就砸下来了，"那个场景啊，河里的水都染红了。"时隔几十年，奶奶仍然忍不住叹气。

在昆明的时候，奶奶还常常在下课之后，与同学们一道去逛小吃，她印象最深（大概是经常吃）的是摩登粑粑、卤牛肉片；有时候也逛酒楼，奶奶喜欢福照楼的爆肚条。但形势不好，随着日机的轰炸日益频繁，昆明城里大大小小的学校都疏散到郊区了，昆华女中也疏散到了呈贡。学校安顿在一座大庙里，生活再也不比昆明的繁华，不过奶奶还挺喜欢那里清静的环境。在呈贡的时候，也有不少新鲜有趣的事。

比如，中国和盟军的飞机有时会飞临学校上方，飞行员们有时会往下扔一些信件或者传单，对这些东西，学生们不去理会，但几个在学校里帮工的大嬷好奇，就捡了来看。她们不识字，就让学生们帮忙念。有一次念到的却不是什么宣传，是一封求爱的信。大嬷们害臊，连声骂人家"作死"，逗得女学生们笑得直不起腰来。

四

中学毕业前夕，家里出事了。曾祖父突然病亡。以往商号都是由曾祖兄弟两人联手经营，从没有人计较过股份划分的事情。谁知道曾祖父一下世，大伯马上提出分家。分家是怎么个分法呢？大伯摆出当家人的架子，发话说，当然是按男丁分啦。奶奶愤然，摆明了欺负我们孤儿寡母。但没有办法，曾祖父走了，在家里没有说得上话的人，旧时代的女性，没有什么话语权。

那时候奶奶的大姐，我们的大姨奶已经叫她大伯做主嫁出去了。嫁的是什么人家我不知道，只模模糊糊觉得她处境与《红楼梦》里的迎春大约相似。听奶奶说，大伯不准她回娘家，她偶尔趁天黑偷偷回来，还不敢走正门，悄悄地在侧门外喊曾祖母，妈妈是我，给我开开门。

　　说起这些，奶奶一辈子恨死了她大伯。除了她的大伯，我还从来没有见过她这么样地恨一个人，七十多岁了，还嚷着做噩梦梦到大伯来了，非要让儿女们给她弄把长刀来，放在枕头下辟邪。

　　分了家，基本上这一房的女人就没有经济来源了。奶奶上有老母，下有弱妹，还得想法子周济嫁出去的大姐；咬咬牙，去工厂工作了。旧社会，十几岁的女孩子去做事，现在想想，真不容易。

　　1946年，奶奶跟爷爷结婚。自己选择的婚姻，是奶奶一生中的幸事之一。爷爷是浙江人，因抗战西迁，一个人来到昆明。我从照片上见过爷爷，穿着西服，头发梳得光光的，会溜冰、会骑马也会开车，很时髦。

　　爷爷脾气好，与奶奶的感情也很好。拿奶奶的话说，俩人是从来没红过脸的。小时候隐约听大人们说，他们有四个孩子，只是其中一个出生不久就夭折了。爷爷伤心死了，抱着孩子掉眼泪，不肯撒手。

　　新中国成立了，云南在卢汉将军的主持之下和平解放。这么宏观的风云变幻，对社会中的头面人物来说是命运攸关的大事；但其实对奶奶他们这样普通的家庭是没有什么影响的。然而再往后，社会运动一波又一波，更多的人被时代卷进来。

先是曾祖母被划成了地主。奶奶后来说起这事，一直说她妈妈"颠东"，这是昆明方言，意为脑筋不清楚。怎么回事呢？分家的时候，虽然大伯没有给曾祖母分家族财产，但她自己攒着一些私房，准备养老用的。云南解放后，不少人家卖地卖房，转移产业；曾祖母跑去看看，觉得划算，于是拿出钱来，买了一大块地——老派人的想法，觉得守着地心里踏实。奶奶知道后，气得不行，毕竟念过书，对变化更敏感一些——连说你这不是没事找事吗？新社会要搞土地革命，你还专门

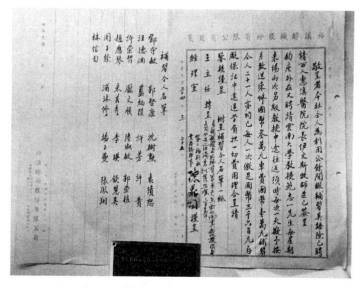

2018年，我在云纺博物馆展出的一份文件上偶然发现了爷爷和奶奶的名字

往枪口上撞。话音没落，就应验了。

家里有个丫头，是从小就买来的。分家之后，一直跟着曾祖母。到了新时代，她作为"受压迫的人"翻身做主了，就有人撺掇着她去斗争剥削阶级——我曾祖母。于是丫头向政府举报，说曾祖母刚赶着买了地，是地主。她这么一闹，曾祖母被捉到某个学校去学习，同时接受"批斗"。奶奶那时正在怀孕，又气又担心，又生怕曾祖母不了解政策，再说错点什么；又或者被人推了打了，人年纪大了经不起，于是天天挺着大肚子去"陪斗"。好在后来人家大约觉得她只不过是一个懵懵懂懂的家庭妇女，又列不出什么太大的恶行劣迹，把土地没收了，就把人放了。奶奶说，其实那丫头自己也知道亏心，她在我家做活，我家从来没亏待过她。后来她提着东西上门来道歉，对着曾祖母赵奶奶长，赵奶奶短，喊得挺亲热，还让我们家帮着打听她亲生父母的消息。

1958年，爷爷也被"下放"到宾川工作。没想到结婚十年，其后是二十几年的分离以及更长的永别。

五

奶奶爱吃甜食，但临老却得了糖尿病，医生千叮万嘱要忌口；不仅含糖的东西不能吃了，就连日常饮食也要节制。

有时候感叹，真是不巧，以前吃得的时候，没有吃的；现在有吃的，却又吃不得了。

　　困难时期，家家都狼狈。粮食按人头配给，成年男性每月若干，成年女性每月若干，儿童每月若干；细粮很少，余下的补的都是粗粮，什么包谷面呀、红薯呀，甚至谷糠。舅舅年纪小，咽不下去，一吃饭就哭："妈妈，我不吃包谷饭，我不吃包谷饭了。"我听得奇怪，包谷饭怎么了？虽然我也不爱吃包谷，但都饿成那样了，难道舅舅还跟我一样挑食？奶奶无奈："你那不是挑食，你是没被饿过。你以为包谷饭是你平常吃的包谷米米吗？那是晒干的包谷棒，一整个连皮带秆磨出来的面。"

　　没办法，勒着自己的腰带，省下有限的一点现金，有时候也高价买点黑市粮。但这真是太有限了，买黑市的东西，首先是太贵，而且风险太大。实际上不能解决任何问题。奶奶在单位享受干部待遇，于是偶尔有一点营养灶的糕点票。自己不吃，攒一段时间，去换几个小小的荞粑粑，带回来给孩子们打牙祭。妈妈说，那些年最困难的时候，看到有人卖大番茄，要一毛钱一个，奶奶兜里只有八分，看着想要，但就是买不了，只能空手回来。

　　"文革"的时候社区里搞"武斗"，一个大院里住几派人。有一户人家最有趣，母子俩分属不同的"派"，打得不可开交。某次儿子回家拿东西，被当妈的撞见，回头就气势汹汹领来一群人，叫喊着要把儿子捉走。我妈妈回家探亲遇上了，就把那人藏到家里，自己锁了门出去。来抓人的人到了，奶奶颇镇定的一口咬定没见到人。因为一家子都是女的，从来不参与这些斗来斗去的事，人缘也不错，奶奶讲没看见，人家也就相信了，那做儿子的于是溜走了。

到了六十年代末七十年代初，上山下乡运动来了。大姨念的是师范，早早离开家去教书了；妈妈和舅舅都符合下乡的条件。奶奶四处求人，但个性倔强不服软，往往事情没办成徒惹一肚子的气。后来还是街道办事处有好人帮忙，替舅舅办了"家照"。不过虽然留在昆明，舅舅也没少吃苦，为了给家里减轻点负担，假期便跟着建筑队去修路。奶奶常跟我提起他抡大锤抡得两手的皮都脱了一层，说觉得对不起孩子们。

六

我奶是1924年生人，今年已经86了。八十六年，若是平常年月，不算长；但在过去的一个世纪中，却不算短。

大大小小好好坏坏的事，一件一件地经过，似乎从没听她提一句"苦"。对别人也没什么怨气。除了对她的大伯和

特殊时期陷害我爷爷的人，她对旁人从没有恶言。而即使是
对这些人，她最多也就一句："那个某某某，最坏了。"

她渐渐衰弱，不能走动，也不再能站立，两条腿肌肉萎缩，
细得不成样子。在养老院里，她偶尔犯糊涂，天天让医生来
给她测血糖。医生说，血糖是一个相对固定的值，一个月测
一次就行了；但她不依。不管谁去看她，她都说，要好好的。
只是每次见我，就问，工作好吗？听你妈的话吗？钱够花吗？
我一遍一遍说，您就别操我的心了，我好得很，我长大啦。
可是每次见到她，还是这些话。我后来渐渐了解，除了我们，
奶奶已经没有别的可想可操心的了，她甚至不是需要你的回
应，她需要的只是关心你，真正不可能产生任何回应的关心。

妈妈嫌养老院里的伙食不好，于是每隔一两天就自己做
些吃的拿去给奶奶。奶奶每次都吃得很香，但又说，你呀，
别做了。你年纪也大了，该好好的歇歇，享享福，别为这个
忙了。

小的时候，我很喜欢听奶奶讲故事；也喜欢把我看到的
书上的故事讲给她听。奶奶眼睛坏了，不能看书报，不能看
电视，只能听收音机。有一次，一家人饭后聊闲天，说起一
件时事，大家都说不清楚；奶奶却说，就是如何如何嘛。大
家都乐了，哟，您是不出门还知天下事啊。奶奶有点不好意思，
我天天听新闻，天天人家都要讲的嘛。

但奶奶这人藏不住东西。年轻时有不少首饰，有的上交了，有的变卖了，有的找不到了。到了老来，什么东西都没留下，就留下了一些回忆。可惜现在连这份回忆也要没有了。我见到她时，总试图提起小时候没听完的故事，她都接不上了。只说，是吗，有这么回事吗？哎呀，老了，记不得那些了，不像你们小年轻，记性好。

她每天安安静静地坐在床沿上，一动不动。医生来巡房，问，赵奶奶，今天感觉好不好？她于是答一声，好的，谢谢医生。我走进屋，叫一声："奶，我来了。"她抬起眼皮："哪个，是小文？"她已经没有了光感的眼睛看向一个虚空的方向，神情专注，似乎在看着我。絮絮说："吃东西嘛，我柜子里有这样那样。"我忽然非常非常的想哭。

2009 年

琥珀图章

　　我妈妈有一枚琥珀图章，印钮是一只表情生动的狮子狗，毛发刻得丝丝分明。图章只比拇指大一些，晶莹剔透，没有一点杂质。过去很多场合都需要签章，这枚图章，妈妈一直随身带着。小时候，我很喜欢它的玲珑可爱，问妈妈要，撒娇、耍赖，但从来没有得手过。

　　2017年，我奶奶过世了，我又买了房搬出去住。有一天，妈妈拿出这枚琥珀图章，说给我了。

　　我知道，这枚图章是我爷爷给她的。现在也传到我手里了。

　　九十年代，我上小学。那时每逢假期，妈妈就把我寄放在奶奶那里，每天上班前带我到奶奶家，下班后再来接我。奶奶在八十年代中期，被自行车撞断了一条腿，加之视力不好、又上了年纪，后来就很少再出门。

　　一次，奶奶整理东西，从床下拿出一只纸盒子，打开来，取出一只圆形的塑料盒。再打开，里面是两只长方形的黑色

爷爷和奶奶的结婚照

小匣子。奶奶把两只小匣子放在手里，凑到眼前看了看，吩咐我说："你挑一只拿着。"我仔细看了看，才发现那小匣子顶部有一块活动的小盖，推开盖子，原来是两方小小的浅乳黄色印章。形制大小都一样，只是一只裂纹颇多，渗了很深的印泥红色；另一只看上去却颇新。我毫不犹豫的拿了看上去较新的那只，捏在手里仔细看。印章侧壁上刻着干支纪年的日期，当然，我是看不明白的。印章上刻的字，更是我不认识的字体，弯弯曲曲，一大两小。我问奶奶："这上面刻的是什么字呀？"奶奶说，"拿来我瞧瞧，你拣了哪个啊？"我把它递到奶奶手上，奶奶先举到眼前细看，又用手仔细地抚摸了几遍。"呵呵，你这个小鬼。这是你爷爷的，用得少，就新一些。这上面刻的是你爷爷的名字，郭崇植，认得了吗？"多年以后，我才知道这两方印章是爷爷和奶奶结婚以后刻的，印章是象牙的，用犀牛角的小匣子装着。

爷爷过世的时候，我还没有出生。我对爷爷的印象，全来自于小时候听奶奶和妈妈讲的那些事情。现在想想，其实她们讲的全是零零碎碎的片段，连章节都算不上，更加不是一个完整的故事。在这些散碎的片段中，我拼凑着爷爷的形象，也寄托着作为孙女的感情。

爷爷确切的出生年月，好像已经没人知道了。三十年代后期的连天烽火中，年轻的爷爷跟随二姐一家离开浙江老家，辗转来到大西南。二姐夫在成都有工作，一家人便留了下来；爷爷一个人只身来到了昆明。

年轻时的爷爷，大约活泼爱玩，也爱漂亮。在他留下来的为数不多的照片当中，最常见的打扮是笔挺的西服，梳理得一丝不乱的头发，十分讲究。大约是四十年代中期吧，爷爷认识了同在裕滇纱厂做财务工作的奶奶。奶奶出身于商贾之家，虽后来遭逢家变，但身上仍有着教养良好的闺秀气。我想，大约就是这种气质吸引了江南书香门第出身的爷爷吧。

"你爷爷，年轻时候很调皮。也晓不得他从哪里弄来一辆美式的军用吉普，我一下班，他开着个车，轰一下停在我面前，我吓得跳起来，他就在车上哈哈大笑……"妈妈在厨房里做事，听到这里，走出来打断道："你家也是，跟小娃娃说这些事情干什么。"奶奶于是住了嘴，有些不好意思的呵呵笑了，往后任我再怎么纠缠，她再也不愿意顺这个话题说一个字。

"你爷爷脾气最好，从来不跟我吵架斗气。有时候我火气大，寻气找恼的，他就找个借口出去了，反正是不跟我正面冲突。又特别有耐性，他口味清淡，吃不来辣的东西，但我跟你老祖、三奶她们，又最喜欢麻麻辣辣的。一到休息天，我们能从街头吃到街尾。酸辣粉、成都担担面、香辣馄饨……你爷爷不吃，但也不催我们，他就在摊子旁边点支烟，好好地等着我们。

"他烟瘾相当大，随时烟不离手。有一次，他抱着你妈在院子里玩——那时你妈就几个月大吧——边玩边抽烟，一不小心，就抖了一点烟灰在你妈脖子上。你妈大哭起来，你爷爷也慌了。我出来一看，气得要命，把他大骂了一顿。不

过他也很长记性，从此以后，我看着他，跟孩子们在一起的
时候，从来都没有抽过烟。"这些事情，奶奶翻来覆去，说
了不知道有多少遍了。从1958年爷爷离开家里，半个多世纪
以来，奶奶一直思念着他呀。

1958年，在单位任领导的爷爷被同事举报，说他在民国
时期加入过国民党。爷爷因此被"下放"宾川某农场，让家
里人收拾些换洗衣裳和行李带去。就这样，爷爷离开了奶奶、
年纪尚幼的孩子们，离开了家。

我妈读小学的时候，爷爷有一次回家探亲，走时大姨和
妈妈去送他。他从口袋里掏出两样东西，握在手心里，让大
姨和妈妈一人选一样。两个孩子选好了，爷爷把手摊开，一
只手里是两块钱和一支铅笔，另一只手里就是这枚琥珀图章。
妈妈说，她选到的其实是两块钱。那时候两块钱是很大一笔钱，
因为一家人一个月的生活费也不过十几块钱。但她实在喜欢
那剔透生动的小狮子狗，耍赖反悔，又哭又闹。爷爷哭笑不
得，和大姨商量把图章让给了妹妹。妈妈一直把图章带在身
边，工作之后要刻名章，她才找刻章的匠人磨去爷爷的名字，
刻上了自己的名字。到了我小时候，妈妈有一次用完图章没
有收妥，那章从楼梯上摔下去，把狮子狗的腿摔断了。

六七十年代，妈妈当"知青"下乡去陇川。爷爷寄信来，
每次都是叫她好好接受"再教育"，好好学习好好生活一类

的话。我问妈妈："一句讲私人感情的话都没有吗？"妈妈摇头不屑："那个年代不兴讲什么私人感情。"不过，在爷爷的每封来信里，除了信件，总附有十几张邮票，他是想让妈妈给他回信呢。

一次爷爷从宾川回昆明探亲，刚好妈妈也从陇川回来，父女俩得以一聚。后来爷爷假满，要先回去了，妈妈便送他去汽车站。临出门前奶奶拿出攒着的糕点票，买了几样糕点，交代爷爷带着路上吃。送完爷爷回家，妈妈发现书包鼓鼓的，打开一看，爷爷不知道什么时候把那些糕点都塞到她包里了。

在农场，爷爷有个要好的朋友叫毛品一，是一位植物学家。毛爷爷是山东人，豪爽耿直；我爷爷却个性温和，最不喜欢和人起冲突。直到很久之后，我才从农场的老人口中，了解到他们这段友谊的由来。那时候我爷爷在农场管做饭，毛爷爷因为为人直率，得罪了人。有一次不小心把农场的一批番茄捂坏了，被人抓住机会关进柴棚。爷爷借着到厨房帮忙的机会，每天藏起一两个冷馒头，晚上再带到柴棚给毛爷爷充饥。

大约就是这份患难与共，让这一南一北，个性又大相径庭的两个人建立起了一份相互信任相互托付的交情。毛爷爷每次回山东探家，总要在昆明我们家里住上几天；有时也带些山东大枣之类的土产来。毛爷爷有个女儿留在山东，我们家里有时也给她寄些东西，因为寄东西要填邮单，妈妈在很久之后都还记得这个未曾谋面的女孩子的名字和她当年的地址。

　　有一次，毛爷爷到昆明出差，顺道来家里探望，奶奶却连招待客人的饭菜都拿不出来。毛爷爷见了，就掏出两个罐头，说要给家里加菜。奶奶问是哪里来的罐头，毛爷爷轻描淡写地说，是一个朋友的家里人，托他捎去农场的。"你们先打开吃，我回头再去买两罐赔给他。"奶奶听了是别人托的东西，拦着不让动——那个年代，罐头是稀罕的东西，不常买得到；毛爷爷把罐头给了我家，自己是不好给人交代的。毛爷爷拗不过，但到底还是自己掏钱买了两样菜来给大家打牙祭。七十年代初姨妈结婚的时候，毛爷爷送给她一台徕卡照相机，那是他工作中用来拍标本的，虽然不是新的，但保存得很好，在当时也是非常贵重的礼物。可惜的是，爷爷过世之后，家里和毛爷爷的来往渐渐少了，后来便断了音讯。说起来，爷爷下葬的时候，还是毛爷爷给写了墓碑。

　　1979 年，爷爷在宾川的一个农场里羁留已经 20 多年了。大姨结婚成家，有了一双儿女；妈妈从陇川返城，进了工厂；舅舅也长成了很棒的小伙子。大环境也好转了，一家团圆，似乎已经近在眼前。

　　就在这年的春季，爷爷所在的农场，安置了一批越南归侨。爷爷像往常一样的努力工作，自从到了宾川，他总是想"表现"好一点。但就是在这场忙乱当中，爷爷突发脑溢血，抢救不及，倒了下去。

　　奶奶得到通知，慌乱悲伤，几乎六神无主。家里人商量着，由奶奶带着大姨和舅舅到宾川去给爷爷料理后事，留下妈妈在家替大姨照顾年纪幼小的表哥表姐。他们转了几次车，才到了农场，把爷爷葬在农场边的一座山上。

　　八十年代初，奶奶接到给爷爷平反的通知，领回了政府补偿的一笔钱，但对于这笔钱的具体数目，现在连家里人也说得不准。妈妈说是两千多，奶奶却坚持说是八千多。后来农场来人到昆明出差，专程来看望奶奶，带了不少宾川的特产，奶奶尤其记得有一大包宾川冰糖橙。提到爷爷，大家很唏嘘，只说郭老师有文化，又好相处……舅舅参加工作后，到大理附近出差，工作结束开夜车赶去农场，那里的老人也还记得爷爷，临走时还是硬塞给了他一大袋橙子。

　　很多年前，舅舅和妈妈提过，时机合适的话，是不是该好好的重新安葬爷爷。几个大人商议了一天，舅舅不停抽烟，妈妈愁眉苦脸，却始终找不出来可以入手的地方。农场早已改制，根本找不到原来的单位关系，当时了解情况的人也星散了，即使有人还健在，偌大的宾川县，又上哪里去打听？

　　2011 年，一次很偶然的机会，我联系到了当年在宾川农场生活过的一位老人，经过他的介绍，找到了农场里认识爷爷的几位职工，终于找到了爷爷的墓地。那年清明节，家里老少都去了宾川，重新找人修茸墓地，祭扫。

　　农场所在的小镇很小很小，周边是大片的柑橘林和葡萄架。到了晚上，田地四周灯火寥落，出门要打手电。当我抬起头，却看见天上璀璨的星海，那样的浩瀚、明亮。

　　　　　　　　　2009 年初稿，2022 年补充修改

童年的螺蛳湾

远远看去，路口灰蒙蒙的，充满让人胸闷的混沌感。路面上覆着厚厚的一层灰土，各种车辆走过，扬起一阵烟尘，行人掩面不迭。

到公交车站的路上，有人脖子上挂了绿色和蓝色的临时出入证。昨天，11月的最后一天，晚12点，在与新的一天交汇的时刻，螺蛳湾市场正式关闭。我觉得这件事情缺乏真实感。早八点，在拥挤的公交车上，我努力扭着脖子，转向右边。没有什么不同。事实上，平时的这个时候，这些铺面也还在沉睡当中。小小的异样，是在市场出入口处站成一排的警察和保安。螺蛳湾落幕了。

螺蛳湾市场在那里有多久了？

80年代末90年代初，妈带着我搬离巡津街，住进了西岳庙的宿舍。二层小楼，楼下一间，楼上一间。楼下还有厨房，但似乎没有卫生间。一个门里两户人家，我们住楼上，楼下还住了个年轻人，不过他不常在这里。我喜欢在街面上原地转圈，转得晕乎乎的，停下来之后站不稳，就一脚踩进路边的阴沟里，然后灰溜溜的回家。妈每次都大怒，可能还要打我一顿，但怒完了还是要替我善后。于是就借着路灯和屋子里透出的光线，搬一把小板凳，坐在井边上洗脏衣服。冬天的衣服不好干，第二天又要穿，就拿到灶台边去烤着，用炉灰的余温把湿气烘干。街道的水龙头上加了只小铁盒子，上了锁，有人管理，每天定时开关，开的时候家家拿着扁担水桶去挑水。大家把自来水叫作机器水，只拿来喝，洗洗涮涮的都用井水。井水也很清的，我们从井里打上来过红色的眼睛鼓鼓的小金鱼。有一次，表哥骑着他新买的变速单车到我家来玩，单车扔在门外，进门就嚷口渴了，不由分说揭开水缸盖子舀了一瓢水，咕嘟咕嘟喝下肚去。妈在一旁忙不迭阻拦，莫吃生水莫吃生水，吃生水容易生病……我看到水缸边贴着一张日历纸，很特别的艺术字体，1990。

　　那个时候，似乎就已经有螺蛳湾了。印象当中每天一早，总有螺蛳湾的生意人拖着滚轮车拉着货从附近的居民区里涌出来，去自己的铺面，开始一天的经营。滚轮车的声音十分刺耳，响亮而单调，每天要持续很长时间；并且这样的日复一日，又持续了很多很多年。去年冬天，为了上班方便，我借住在黄瓜营，每天要穿过螺蛳湾市场去公交站，恍然回到过去，因为那滚轮车的声音都没有变化。

西岳庙拆了，妈妈单位要集资建房了。地方就在螺蛳湾旁，叫"八亩地"。作为过渡，在建房工地的旁边修了几排小平房，有资格分房的人都住进了新平房。八亩地的房子盖了好久好久啊。我们在平房里就住了好几年。平房旁边是片农田，种了各种蔬菜；当然长得很高的荒草地也有几块。住平房的人们很有乐趣。公厕周围被大家开辟出来，各家占一小块，也种地。大大小小的小水潭也有乐子，有人拿了网兜和竹竿守在边上捉小鱼玩。夏天乐子大，一到黄昏，遍野都是叫着的蛐蛐儿和跑着跳着捉它们的人。金龟子铁豆虫迎着光飞，不住嗒嗒地撞在窗玻璃上。

蛐蛐儿捉来干什么用？当然不只是为了听它聒噪。大人们从家里翻出几个空罐头盒、破笔筒，聚在一起斗蛐蛐儿。我舅舅也曾经发烧过一阵斗蛐蛐儿的游戏，找根细细的小木棍，顺手从头上拔两根头发，绑在木棍上，拿来逗引那些他认为斗志不足的蛐蛐儿。舅妈看到了，心疼得不行，说，你看你看，本来就没得几根头发，再拔怕是没得了。

我的乐趣和大人完全不同，我热爱那些散落在草棵棵里的宝贝。弹簧坏了的塑料发卡，从什么链子上蹭掉下来的塑料"宝石"、珠子，颜色鲜艳的包装纸碎片，扯断的绸带、纱巾，有时候也会有花纹漂亮的笔杆子……对于螺蛳湾市场的小商贩来说，这些都是残次品、微不足道的货物损耗和垃圾；但对我来说，那是生活中的一大收获，它们带给我寻宝的快乐。

后来那一片的房子越盖越多，农田也没有了。云纺的生产车间搬走了，厂区也腾出来做了市场，是螺蛳湾市场的延伸。我的新乐趣是在放学的时候泡在市场里面，淘好看的小文具。能想象吗？学校门口只要有一家卖文具和小玩意儿的店铺，就能吸引整个学校的孩子们在那里流连，可是我家门口有一整个的市场。从文具盒、笔记本、钢笔到书皮、橡皮擦、剪刀、胶水、信纸；还有五彩斑斓的丝线、亮晶晶的仿制水晶和彩珠、各种漂亮的小首饰、钥匙扣、毛绒玩具……实在太多了。

上月某天，穿过云纺市场去家乐福，一个年轻人气势汹汹地冲到围墙边，唰唰几下，一张崭新的搬迁布告就被他撕了下来。一路走过去，地上抛散着被撕碎的布告。原来贴布告的地方，还残留着胶水和残纸的印子。

在那年轻人背后，左边那栋楼，曾经是新的车间大楼，我妈她们的检验室是在二楼还是三楼来着？车间里机器轰隆隆地响，但检验室有隔音设备，里面静悄悄的。小学的时候，我每天中午在这里吃饭睡午觉。右边的那栋楼，曾经是食堂和礼堂，食堂的菜我不爱吃，但有一道牛肉冷片味道还是不错的。食堂外有一个烧烤摊子，烤鱼和烧豆腐很好吃。因为光顾的工人很多，摊主就把食堂饭票当成流通货币，钱和票都收。小时候，我在礼堂里演过节目，也看过节目。那是云纺的全盛时期，礼堂的演出，显得那么的隆重。

2009 年

长和常

早晨出门时，天还没有大亮。通往螺蛳湾市场的小巷里，有成串小小的早点铺子在生火起灶。锅里咕嘟嘟的，煮着馄饨、面条、米线，水花翻得白白的，蒸汽呼呼扑向身上来。又或者是煎粑粑、油条，锅底发出嗞嗞的声音。夹着一股油烟，味道是热的。

肉铺开始卜刀分肉，店里的刀一向都很快，全身都泛着油光的师傅一手提着一条猪腿，唰的一下，连声音都没有，就切成两半了。哧哧的，从切开的断面冒出热气来。如果妈妈看到，应该会说："这刀肉就新鲜了，你看还热乎乎的。"

路边的彩条布下面突然发出"咕咕"的叫声，原来是一溜装着鸭子的铁笼。

螺蛳湾好像十几年都没有变过了。小商户们用来拉小件货物的小板车也没有变过，金属轮子在坑坑洼洼的水泥路面上发出啷啷的声响，近了又远了，又近了又远了。卷帘门也在响，哗啦啦啦啦。整个市场都这样响。

天桥下有小摊，米浆粑粑烧饵块，一样是十几年没变过。

公交车有时好等有时难等。我站在那里，想起那些关于"长和常"的故事。

那时候不知道是回家多久了。有那么一段时间我对时间的概念非常模糊，因为这里没有要做的事，没有要遵守的规则，没有课表，没有讲座，连公共课点名也没有。《南方周末》到得时早时晚，成昆线断了的那段时间，要直到次周才能买得到。某期刊出一篇散文，说到"牵挂"，说不在一起的朋友，有时打电话，也没什么要紧事，挂了才发现什么都没有说，只是"相见亦无事，不来常思君。"——飞飞看好了，我专门查了原文，这里用的真是"常"——我抱着报纸发呆，想我那些"相见亦无事，不来常思君"的朋友们。

有两封信来，王舒和小石，说的只是些日常琐碎，然而言行举止宛然眼前。

准备搬家，收检旧报，又翻出这篇文章。于是裁了下来，连同回信寄去给王舒。转眼，我们原来认识七年了啊。好像是高一时候的半期考试，你负责做排名，不知怎么，就把我的弄错了。张老在班会上批评成绩退步的，其中就有我。我很郁闷，明明是弄错了嘛。去找你改，那次，你穿着一身红色的运动服，留着乖孩子的齐耳短发，从座位上抬起头来。时间是怎么过去的，有时真的很难感觉到。只是过去之后，我才发现，原来什么特别的事情也没有发生，就这么平平静静的，也可以收获一段长长的友谊。

小石说秋秋的一句话，就惹得自己哭了一场，而我何尝不是。每天每件事每个人的每句话，不知道哪一点就会牵出那些旧情境与旧时光，你说除非你是我，不然是做不到与我常在的，我知道。可是我们至少有那么长一段共同的成长过程，是不是。

飞飞，你知不知道我看到你的QQ签名变成"相见亦无事，不来长思君"的时候，心里怎么样的动了一下。我说"常or长"，其实我是没话可说，真正的"相见无事"。其实，长是如何，常又是如何？对我来说，时时，处处。长长，常常。

还有欧阳。我想在我的身边，只有你会问我要不要一起去西藏，也只有你会与我说买了二锅头要去公园等月亮；同样只有你，在这么说的时候，一点也不会让我感到突兀。

每天早晚，穿过那条又窄又简陋的小巷，觉得心里很平静。不用等到华枝春满，天心月圆，我已经不焦躁了，很满足。我想这是我现在的幸福。

2009 年

寻找傅钟

2014年到台湾，最遗憾的就是没有到台湾大学看看。这一次和朋友商量了一下，决定拿出半天时间去满足一下我的执念。

一路边问边走，寻到位于大学行政楼水池前的傅斯年纪念钟。傅斯年是台湾大学第4任校长。台湾大学的前身是成立于1928年的"台北帝国大学"，作为一所殖民地大学，"台北帝国大学"的重要任务是"建立日本化的台湾高等教育"，学术研究的方向也与日本的海外扩张政策相始终。1945年，随着台湾光复，"台北帝国大学"被国民政府接收，11月改组为台湾大学。"帝大"时期，学校教员绝大多数由日本籍人士担任，战后大批教员被遣返，留下一个师资奇缺、经费紧张的空壳子。

在傅斯年之前，台湾大学已先后有罗宗洛、陆志鸿、庄长恭三任校长。这三位先生虽然都是在各自领域成就卓著的学者，此前却都没有大学管理的经验。在极端复杂的校务和风云变幻的局势中，三位校长先后辞任。其中罗宗洛和庄长恭辗转返回大陆。

　　至 1948 年底，国民政府在大陆的颓势已经难以挽回。1949 年 1 月，在教育界和学术界素有声望，且曾主持北大校务的傅斯年随中央研究院历史语言研究所赴台，出长台湾大学。从这样的人事安排中，依稀可见台湾大学在国民政府高等教育序列中所占据的地位已有微妙变化。

　　关于当时的傅斯年，还有一则插曲。在北京解放前夕，傅斯年希望能邀请一批知识分子一同赴台，因此专门派遣两架飞机到北京去。然而受邀的学者大都对此反应冷淡。当在南京机场迎接飞机的傅斯年发现机舱内只有寥寥数人时，忍不住伤心大哭。

　　在台大的两年间，要在复杂的政治形势中维持学校校务与教学的独立自主、在有限的教学资源中平衡本省与外省学生利益，傅斯年花费了很大的心力。1950 年 12 月 20 日，傅斯年出席“台湾省参议会”会议时，受到本省籍“参议员”郭国基的质询。郭站在本省籍人士的立场，对台大行政管理提出许多异议，傅斯年则从学校的原则及长远发展角度，对郭的质疑展开反击。由于情绪过于激动，傅斯年在会议现场突发脑溢血晕倒，当晚因抢救无效去世。

　　学者王汎森写《傅斯年：中国近代历史与政治中的个体生命》，将傅斯年的生命体验与思想实践放入中国近代历史的背景中考察，写出了他在传统与现代、学术与政治之间的纠葛。

不知为什么，这样彪悍而又充满矛盾感的生命总是能吸引我。然而站在并不恢弘的傅钟下，并没能产生什么深沉的心情。那天，有一对青年男女在钟下拍写真。女孩子穿着热裤，旁若无人的摆出各样妩媚的 poss，久久不见结束。

我蹲下来细读嵌在水泥底座上的黄铜铭牌，是傅斯年的话："一天只有二十一小时，剩下三小时是用来沉思的。"

台湾大学文学院

傅钟因此每天只有 21 响。"钟声二十一响"也成台大的一种标志。

隔着椰林大道，几乎正对傅钟的，是台大文学院。走近看，门口有三块牌子，分别是"中国文学系""外国语文学系"和"历史学系"。台湾地区在现代文学史上数得出名字的作家，有多少曾从此门出入——想到这里，脚步有几分肃然。

门厅里正在举行一场小型的音乐演出。我们进去的时候，演出已近尾声。观众三两围在台阶下，安静的听着，只在曲终时报以掌声。等演出结束，再静静散去。

海报栏里贴满校内外的人文及学术活动招贴；窗下有一张桌子，整齐放着各种制作印刷精美的宣传单。我一张张细看过去，思绪逐渐飘远了。

2017 年